5分钟
健身回春操

WUFENZHONG
JIANSHENHUICHUNCAO

主编：韩鹏飞　刘　昌

编者：施逸俊　马晓莲　李志伟

　　　刘　兵　罗　茜　朱晓燕

　　　郭爱武　梁峻峰　程东风

上海科学技术文献出版社

图书在版编目（CIP）数据

5分钟健身回春操 / 韩鹏飞等主编. —上海：上海科学技术文献出版社，2008.1
ISBN 978 - 7 - 5439 - 3279 - 1

Ⅰ.5... Ⅱ.韩... Ⅲ.保健操 Ⅳ.G831

中国版本图书馆 CIP 数据核字（2007）第 167796 号

责任编辑：何　蓉
封面设计：天人明道广告

5分钟健身回春操
主编　韩鹏飞　刘　昌
＊
上海科学技术文献出版社出版发行
（上海市武康路2号　邮政编码200031）
全 国 新 华 书 店 经 销
昆山市亭林印刷有限责任公司印刷
＊
开本 850×1168　1/32　印张 10.375　字数 198 000
2008 年 1 月第 1 版　2008 年 1 月第 1 次印刷
印数：1 - 5 000
ISBN 978 - 7 - 5439 - 3279 - 1/R·897
定价：18.00 元
http://www.sstlp.com

1 大众健身操

2 儿童保健操

3 孕产妇保健操

6 医疗保健操

大众健身操

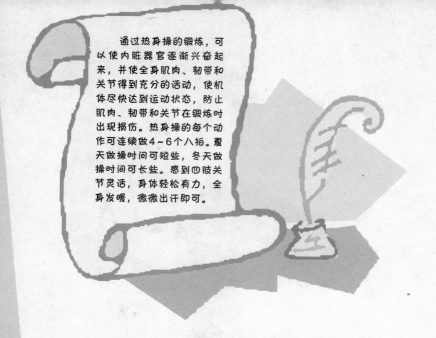

通过热身操的锻炼，可以使内脏器官逐渐兴奋起来，并使全身肌肉、韧带和关节得到充分的活动，使机体尽快达到运动状态，防止肌肉、韧带和关节在锻炼时出现损伤。热身操的每个动作可连续做4～6个八拍。夏天做操时间可短些，冬天做操时间可长些。感到四肢关节灵活，身体轻松有力，全身发暖，微微出汗即可。

大众热身操

（1）站立

两脚平行并拢，均衡受力，双膝放松，自然挺直，双肩放松，不要前弓和后张。两臂自然下垂于身体两侧，稍挺胸，紧背，紧腹，紧臀，髋部端正，目视前方，有向上挺拔的感觉。站立10秒钟。

（2）直立伸腰

① 两腿并拢直立，两臂上举，十指交叉，掌心向上，用力向上伸展10秒钟。② 向后伸腰10秒钟。

（3）屈腹下伸

两腿并拢直立，两臂下伸，十指交叉，掌心向上，屈腹下压 10 秒钟。

（4）腰侧屈

① 两腿并拢直立，两臂上举，十指交叉，掌心向上。② 腰左侧屈 10 秒钟。③ 腰右侧屈 10 秒钟。

（5）夹背伸臂

① 两腿并拢，屈膝半蹲，十指交叉于体后，掌心相对，两臂后伸，夹背仰天，收腹伸腰，挺胸撅臀 10 秒钟。② 屈腹夹背，抬头，两臂上举 10 秒钟。

（6）弓步转体

① 左腿前弓步，右腿伸直后蹬，右手经体前扶左腰，左手经体后扶右腰，上体和头部左转 10 秒钟。② 换右腿做上述反方向动作。

（7）弓步压腿

① 左腿前弓步，右腿伸直后蹬，两臂上举，十指交叉，掌心向上，伸腰压腿 10 秒钟。② 右腿做上述反方向动作。

（8）侧压腿

① 左腿侧弓步，右腿侧伸直，两臂下伸，十指交叉，掌心向下，压腿 10 秒钟。注意不要弯腰撅臀。

② 右腿做上述反方向动作。

（9）抱腿伸展

① 两腿伸直分开站立，两手扶踝部，弯腰压腿10秒钟。② 缓慢直立，伸腰，两臂从前向后环绕，吸气，至两臂下垂时低头、呼气。

以上10个动作为伸展练习，可以使僵硬的肌肉、韧带牵拉放松，以减少在健美锻炼时肌肉、韧带的损伤。

（10）头颈屈伸

两腿分开站立。① 头颈前屈，还原。② 头颈后仰，还原。③ 头颈左侧屈，还原。④ 头颈右侧屈，还原。

（11）头颈侧转

两脚分开站立。① 头颈左侧转，还原。② 头颈右侧转，还原。

（12）头颈环绕

两脚分开站立。① 1～4拍头颈逆时针环绕1周，再向右侧上方甩头。② 5～8拍动作同1～4拍，方向相反。

（13）向后振肩

两脚分开站立，两手背在腰后，然后反复向后振肩。

（14）提降肩带

两脚分开站立。① 上提右肩，向前再降肩。② 上提右肩，向后再降肩。③ 3～4拍换左肩，动作同1～2拍。④ 5～8拍提双肩向前环绕2周。⑤ 上提右肩，向后再降肩。⑥ 上提右肩，向前再降肩。⑦ 换肩做，动作同⑤～⑥。⑧ 提双肩向后环绕2周。

（15）肩环绕

两脚分开站立，两臂下垂握拳。① 提踵，两臂前平举。② 落踵，两臂上举抬上。③ 提踵，两臂侧平举。④ 还原。⑤ 同③。⑥ 同②。⑦ 同①。⑧ 还原。

（16）俯身侧平举

两臂下垂直立。① 1～2拍右腿向右侧迈一步，两臂侧平举，向内环绕至俯身侧平举，抬头。② 3～4拍两臂体前交叉环绕至下垂，同时右腿还原。③ 5～8拍迈左腿，动作同1～4拍。

（17）手腕屈伸

屈肘垂腕握拳于肩前，两脚分开站立。① 两臂前伸，伸腕，十指张开。② 用力握拳。③ 屈腕。④ 还原。

（18）伸肘

两脚分开站立，两臂下垂，握拳。① 两臂上举，上臂贴耳侧，屈肘，低头。② 提踵，两臂上举，抬头。③ 上体前屈，屈肘握举于胸侧。④ 两臂后伸，抬头。

（19）屈肘

两脚分开站立，两臂下垂，握拳。① 提踵低头，两手握拳屈肘。② 还原。③ 两臂侧平举，拳心向上。④ 臂外旋，拳心向上。⑤ 提踵，抬头，屈肘，握拳于肩上。⑥ 落踵，两臂侧平举，拳心向上。⑦ 臂内旋，拳心向下。⑧ 还原。

（20）扩胸

两脚分开站立，两臂下垂，握拳。① 两臂体前交叉。② 重心右移，左足尖点地，右臂上举，左臂侧举，扩胸2次。③ 同①。④ 同②，方向相反。⑤ 同①。⑥ 提踵，两臂上举，扩胸2次。⑦～⑧ 落踵，两臂体前交叉，还原。

（21）俯身划臂

体前屈，两臂下垂握拳。① 握拳，屈臂，上提髋侧，抬头。② 夹背、两臂沿腰侧向前至还原。③ 抬头，直臂后伸。④ 还原。

（22）屈臂后伸

·两脚分开，十指交叉体后。①屈臂上提，低头。②夹背抬头，两臂后伸。③上体前屈，两臂上举。④还原。

（23）含胸夹背

两手放腰后，直立。① 屈膝，含胸低头，两肩向前。② 还原。③ 屈膝，仰头夹背，伸腰撅臀。④ 还原。

（24）腰侧屈

两臂下垂，两脚分开站立。① 提踵，两臂侧平举。② ~ ③ 左足尖点地，右足落踵，左臂体前下伸，右臂头上伸，腰左侧屈2次。④ 同①。⑤ ~ ⑥ 同② ~ ③，方向相反。⑦ 同①。⑧ 还原。⑨ ~ ⑩ 同① ~ ⑧，方向相反。

（25）转身推掌

两脚分开站立，握拳于肩前。① 屈膝，上体左转，伸腕，十指张开，两臂前后推出，目视左手。② 还原。③ 同①，方向相反。④ 还原。

（26）提踵屈腹

两臂下垂，两脚分开站立。① 提踵，两臂侧平举。② ~ ③ 右膝屈提踵，左足落踵，左手摸右足2次，右臂上伸，头向左转。④ 同①。⑤ ~ ⑥ 同② ~ ③，方向相反。⑦ 同①。⑧ 还原。

（27）深蹲抱膝

两臂下垂，直立。① 屈膝，提踵，两臂前平举。② 深蹲抱膝，含胸低头。③ 上体前屈站立，两臂后伸。④ 直立，腰后伸，两臂侧平举，头向右转。⑤ ~ ⑧ 同① ~ ④，不同点是 ⑧ 头向左转。

（28）弓步压腿

① ~ ② 两臂上举，十指交叉，掌心向上，左腿

弓步，提踵，右腿伸直，然后下压2次。③～④ 左腿伸直，足背屈，右膝屈，两手触左足尖2次。⑤～⑥ 同①～②。⑦～⑧ 左腿伸直，绷足，右膝屈，两手触左足尖2次。⑨～⑩ 换右腿弓步，动作同①～⑧。

（29）侧伸腿

直立，两臂下垂。① 右臂前伸，左臂侧平举，左腿屈膝抬起绷足。② 左臂前伸，右臂侧平举，右腿屈膝，左腿向左侧伸直。③ 同①。④ 还原。⑤～⑥ 换左腿，动作同①～④，方向相反。

（30）前踢腿

两臂下垂，直立。① 右臂前伸，左臂侧平举，右腿后伸，左腿屈膝。② 右腿前踢，左手摸右足，右臂侧平伸。③ 同①。④ 还原。⑤～⑧ 换左腿，动作同①～④，方向相反。

身体平衡操源于瑜伽运动，融合了太极和古典芭蕾的特色。它结合动感的音乐，充分运用力量，伸展和放松，是身心锻炼的好方法。这个项目适合任何年龄和体质的人参与，在轻柔悠扬的音乐中，配合着呼吸舒展身体，在训练过程中，你将感受到平衡、柔韧与核心的稳固。集中注意力，思绪自由发挥，相得益彰。动静结合，追求身心交融的迅速与彻底放松是它的特色。

身体平衡操

（1）弯腰，右手尽量接近右脚，左手向上，成一直线。眼睛看向左上方，五指并拢。左脚尖向前，右脚尖向右。

（2）双手侧平举，右侧弓步，头转向右方，立腰。

（3）收左腿，含胸，低头，双手握拳。

这套动作是针对舒缓压力、减轻痛楚而设计的训练套路，并能让你的身心都得到锻炼，使你变得更加健康与挺拔。

室内徒手操

（1）下肢运动

　　一侧下肢伸直放在 30～40 厘米高的坐椅上，足尖向上，另一侧下肢膝部稍弯曲，足尖向下前方站稳。双手放在两大腿根部，腰部向正前方，然后上身挺直，从腰部开始身体向下轻压，胸腹部尽量靠近下肢，坚持30秒钟后，大腿后部的肌肉可以充分伸展，再缓慢复原。反复数十次，换另一侧下肢做同样动作。

（2）臀与股内侧运动

　　腰部挺直盘坐在床上，双脚足心相对置于胸前，双手握住足背，双肘分别放于双膝部。背部挺直，身体前倾缓慢下压使上身尽可能贴近床面。保持这种姿势不变约30秒钟，然后再慢慢复原。此动作可反复多次，此时须注意，如双肘部接触不到膝部，双膝部不可离地面太远。同时配合做深呼吸。

（3）臂部运动

　　仰卧在床上，左腿伸直，右腿膝部弯曲放在左腿上，并用左手按住右腿膝部。在做深呼吸的同时，用按住右膝部的左手轻轻地尽可能地把右腿向胸上部牵拉并坚持一会儿，同时注意右臂伸直平放，右肩部不要离床。复原后向相反方向做同样动作。

拍打可以促进血液循环，通经活络，以强筋健骨，增强肌肉的抗病能力，提高免疫力，从而起到强身健体的作用，以助延缓衰老。

拍打健身操

（1）头颈部

站立或坐在椅子上，双目平视前方，周身松弛。举起双臂，用手掌同时拍打头颈部，左手拍打左侧，右手拍打右侧。先从后颈部开始，逐渐向上拍打，一直拍打到前额部，再从前额部向后拍打，直到后颈部。如此反复5～8次。头颈部拍打可防治头部疾病，如头痛、头晕，头部不适时，拍打后立即会感到轻松，症状可以缓解或消失。拍打可以促进头颈部血液循环，对中老年人还有健脑和增强记忆的作用。

（2）胸背部

取站立姿势，全身自然放松，冬天宜脱掉棉衣。然后双手半握拳，先用左手拍打右胸，再用右手拍打左胸，先由上至下，再由下至上。左右胸各拍打若干次。拍打完胸部再拍打背部，手仍半握拳，然后用左手伸到头后去拍打右背部，拍打完毕，再用右手去拍打左背部。每侧各拍打若干次。通过对胸、背部的拍打，有助于减轻呼吸道及心血管疾病，促进局部血液循环。

（3）腰腹部

站立，全身放松，双手半握拳或手指平伸均可，然后腰部自然而然地左右转动，随着转腰动作，两上肢也跟着甩动，当腰向右转动时，带动左上肢及左手掌向右腹部拍打。同时右上肢及手掌向右腰部拍打，如此反复转动，手掌有意识地拍打腰部、腹部，每侧拍打若干次。腰腹部拍打主要用来防治腰疼、腰酸及腹胀、老年性便秘和消化不良等疾病，可使腰肌灵活，防治老年扭腰岔气。对腰腹部拍打，还可有舒服解乏的作用。

（4）肩部

正坐于椅上或站立，用左手拍打右肩，用右手拍打左肩，每侧各拍打若干次。可防治肩痛、肩酸、肩周炎等。

（5）肢体

　　用左手拍打右上肢，用右手拍打左上肢。拍打时要周到，上肢的四周都要拍打到。一般每侧拍打若干次。可以防治肢体麻木，促进局部血液循环，解除上肢的酸痛。拍打下肢时宜取坐位，坐在椅子上，先拍打左腿，左脚放在小矮凳上，使整个左腿放松。用双手从上到下，从里向外；再从下到上，从外向里，由大腿到小腿进行拍打。然后再换拍右腿。一般各拍打若干次。可防治老年性下肢麻木、腿脚不灵活、腿软无力，对于偏瘫的肢体也有一定的治疗作用。

注意事项：

　　①拍打时全身要放松、自然、呼吸平稳，排除杂念；②拍打时用力均匀，可逐渐加大力量，拍打的次数视其身体条件，不要拍得太轻；③拍打时要循序、周到，不能东一下西一下地胡乱拍打；④必须持之以恒；⑤拍打时还可以慢慢走动。最好早起后进行，拍打过后会感到周身舒服，心旷神怡。

瑜伽起源于印度，是一种具有悠久历史传统的养生健身健美操。它对人的心灵和身体健美具有独特的作用。下面介绍的这套瑜伽是经过改良的，专用于使身材健美的每日晨练运动。

瑜伽健美操

（1）控制腿

俯卧，双手握拳，置于身体两侧，慢慢抬起一只脚，膝盖伸直，拳头抵着地，以支持身体，保持这个姿势10秒钟后放松。然后换腿重做，每次练3遍。

（2）肩膀倒立

仰卧，双腿慢慢抬过身体。收紧腹部肌肉，把腿向上伸直，用双手支撑身体，慢慢放下腿。身体平躺，脚放到地面。保持1分钟后放松还原。晨练3遍。

（3）扩胸

双膝跪在地板上，上体挺直，双掌在胸前合掌，用力做两掌的对抗动作，或在两手之间夹两本书，用力夹住。每夹一次保持此姿势10秒钟，晨练3遍。

（4）臂体侧伸

两腿开立，脚尖朝外。左手置于头后，右臂自然下垂于体侧，手靠大腿。上体向右侧屈，右臂沿腿外侧尽量向下伸，然后保持此姿势10秒钟。每日晨练3遍。

（5）背后握手

盘腿而坐，弯曲右手肘，使得手能碰到脊骨。抬起左臂，手从肩上伸到背后，双手慢慢接近，最后以手指勾住。保持10秒钟后放松，然后再换手，重复练习3次。

（6）额头碰脚跟

坐下，双腿分开，弯曲。脚心并在一起，双手握住脚，而不是脚趾。慢慢弯下身子，以额头去碰脚跟。保持10秒钟后放松，每日晨练3遍。

（7）弯腰伸腿

两腿分开坐下，膝盖向外，手心贴在膝盖的内侧。双手抬起，弯腰，双手伸向腿外侧，尽量去抓住脚趾。保持10秒钟后放松，每日晨练3次。

（8）眼镜蛇式

俯卧，下巴贴在地板上，手肘弯曲，手掌平放。慢慢抬起头及肩膀。手掌用力推撑，使胸部和上腹部抬起。头尽量往后仰。保持10秒钟后放松。每日晨练3遍。

早、晚健身操，是指在早晨和晚上练习的健身操，如果时间有限，也可以选择其中一套来做，重要的是持之以恒，坚持锻炼会使你每天保持旺盛的精力。

早晚健身操

健身早操

　　以下每个动作反复做 15～20 次。

　　（1）直立，两臂向前平伸，蹲起。

　　（2）直立，两臂向前平伸，然后右脚上踢左手，再换左脚踢右手。

　　（3）直立，然后两臂向后摆，同时上体前屈，头触膝部，再直立，两臂上举。

　　（4）仰卧，两手抱膝，以背着地，上下摆动。

　　（5）仰卧，两腿屈膝，两臂体侧平放，然后臀部收紧抬起，再放下。

（6）仰卧，两臂体侧平放，两腿伸直平放，然后右腿上抬与躯体成90°，再从身体左侧放下。右腿还原后，再换左腿做。

（7）仰卧，两手放脑后，两腿伸直抬起，然后两腿屈膝靠近身体，再两腿伸直。

（8）仰卧，两臂平放体侧，两腿屈膝抬起向右侧倒下，再抬起两腿，向上伸直，接着屈膝向左侧倒下，两侧交替做。

（9）仰卧，两臂侧平放，两腿伸直上举，然后两腿外展，再内收交叉。

（10）俯卧，两手握住两踝部，然后用力拉小腿。

（11）俯卧，两手撑地，两腿伸直，抬头，然后两腿上下摆动。

（12）仰卧，两腿伸直平放，两臂侧平放，然后上体抬起，左腿屈膝抬起，两手抱左腿靠近身体。还原。再起身抱右腿做。

（13）平坐，两腿伸直，平放，然后上体后仰卧，同时两腿上举过头部，足尖触地，再两腿摆回，坐起。

（14）仰卧，两手撑住髋部，两腿上举，交替向上蹬踏。

健身晚操

（1）直立，两臂上举，然后上体前屈，两臂向右侧摆。还原后再向左侧摆。

（2）提踵直立，两臂上举，尽力伸展四肢，然后下蹲，低头弓背。

（3）直立，两手叉腰。一腿抬起，用小腿带动脚向内和向外分别画圈，然后换另一条腿做。

（4）直立，左手扶墙，抬起右腿，然后右小腿做屈伸运动。再换左腿做。

（5）仰卧，两腿伸直抬起。两手握住左脚踝部，右腿尽力向下平放。两腿交替做。

（6）仰卧，两臂侧平放，然后两腿伸直上抬，再放下，反复做。

（7）正坐，两腿并拢伸直平放，两手扶颈后，然后两肘交替向下至腿的左右两侧，使肘部尽力触地。

（8）平坐，屈膝抬腿，低头，两手抱大腿部，然后以背着地前后摆动。向后摆时，腿要伸直，向前摆时，腿要弯曲。

（9）仰卧，两腿分开平放，两臂头上方平放，然后上体抬起，两手触左足尖。平躺后再起来用手触右足尖。

（10）正坐，两手体后撑地，两腿并拢伸直，然后挺胸仰头，臀部收紧挺起，身体抬起。

（11）跪地，两手前撑地，低头弓背，然后右腿屈膝抬起触胸部，再挺胸抬头，右腿向后踢起，还原。再换左腿做。

（12）仰卧，两腿上举交替向上蹬踏。

常练此操，
有补肾、固精、
壮腰膝、通经络
的作用。

强肾健身操

（1）端坐，两腿自然分开，与肩同宽，双手屈肘侧举，手指伸向上，与两耳平。然后，双手上举，以两肋部感觉有所牵动为度，随后复原。连续做3～5次为一遍，每日可酌情做3～5遍。做动作前，全身宜放松。双手上举时吸气，复原时呼气，且动作用力不宜过大、过猛。这种动作可活动筋骨、畅达经脉，同时使气归于丹田，对年老、体弱、气短者有缓解作用。

（2）端坐，左臂屈肘放两腿上，右臂屈肘，手掌向上，做抛物动作3～5遍。做抛物动作时，手向上空抛，动作可略快，手上抛时吸气，复原时呼气。此动作与（1）动作的作用相同。

（3）端坐，两腿自然下垂，先缓缓左右转动身体3～5次，然后，两脚向前摆动10余次，可根据个人体力，酌情增减。做动作时全身放松，动作要自然、缓和，转动身体时，躯干要保持正直，不宜俯仰。此动作可活动腰膝，益肾强腰，常练此动作，腰、膝得以锻炼，对肾有益。

（4）端坐，松开腰带，宽衣，将双手搓热，置于腰间，上下搓摩，直至腰部感觉发热为止。此法可温肾健腰。腰部有督脉之命门穴，以及足太阳膀胱经的肾俞、气海俞、大肠俞等穴，搓摩后感觉全身发热，具有温肾强腰、舒筋活血等作用。

（5）双脚并拢，两手交叉上举过头，然后，弯腰，双手触地，继而下蹲，双手抱膝，默念"吹"字，但不发出声音。此动作可连续做10余遍。

人的身高虽然主要取决于遗传因素，但也与后天的环境、营养以及体育锻炼有一定的关系。人体增高取决于人体长骨的增长，特别是指下肢长骨的纵向增长，一般在儿童至青春发育期，长骨增长最快。女子在10～14岁间长得特别快，而男子的生长旺盛期则在12～16岁。在性成熟后期，即女子18～22岁，男子20～24岁，成骨中心钙化后，长骨就不再增长了；而脊椎骨还可以稍有增长。长高锻炼只有在青少年发育时期才能有助于骨骼增长，年龄过大，作用就不

长高锻炼操

（1）慢跑5分钟。

（2）双手摸高，双腿起跳，再左腿跳和右腿跳。要全力起跳。

（3）两脚分开与肩同宽站立。两手上举，用力带动身体向上，同时提踵。

（4）站立，头向左、右两侧侧屈，尽力用耳朵触肩。

（5）两脚分开站立，上体前屈，用手掌触地。

（6）两脚分开站立，身体后仰，尽力用手触脚

明显了。长高锻炼要注意循序渐进，如果运动强度过大，易引起机体疲劳；但是运动强度过小，又对机体刺激不足，两者都不利于促进身高增长。以下介绍的长高锻炼每个动作反复做15～20次。可以隔一天锻炼一次。训练后要注意体力恢复，尤其要保证充足睡眠，因为只有睡眠时才会出现身高的增长。此外，饮食要多样化，多吃富含维生素和矿物质的食品，如瘦肉、鱼、蔬菜、水果和奶制品等。多在户外活动，促进钙、磷的吸收，有利于骨骼的生长，从而使身材长得更高。

后跟。

（7）站立，右腿屈膝，将右脚放在左腿膝上，上体前屈，用手触地面，然后换腿做。

（8）两脚分开站立，两手背后抓住椅靠背，下蹲。

（9）两腿并拢站立，身体前屈，用前额触膝盖，手摸脚趾。

（10）仰卧，两腿伸直，两臂侧平放，然后两腿交替上抬与身体成90°。

（11）俯卧，两手握住两踝处，用力拉起，挺胸抬头，大腿离开地面。

（12）正坐，两腿并拢伸直，然后上体前屈，用手摸脚尖部，头触膝盖。

（13）仰卧，两手撑腰部，两腿伸直平放，然后两腿抬起举过头部。

（14）俯卧，两腿伸直，两臂伸直撑体，然后用力抬头，后仰上体。

（15）仰卧，两腿并拢上抬与躯干成90°，然后屈臂，用肘部和手将上体撑起。

（16）仰卧，两臂伸直放体侧，两腿伸直上抬，慢慢地腿从头上压下，用脚趾触地。

（17）两脚分开站立，两臂侧平举，然后上体侧屈，用左手摸右脚趾。直立还原，再上体侧屈，用右手摸左脚趾。

（18）跪坐在脚后跟上，然后上体慢慢后仰，使头背部着地，再用手撑地还原。

每天花一点点时间在家做几个简单的动作，也可以有效地实现你纤体的美梦呢。

懒人健身操

（1）直尺形身材

　　缺乏曲线、腹部容易生赘肉，也就是常说的小肚腩。① 50个仰卧起坐，放松全身，准备下一个动作。② 5个半蹲动作，每次半蹲状态维持30秒钟。③ 举两个2.27千克（5磅）重的哑铃，左、右臂各25次。④ 跳跃100下，手臂同时保持向前平行伸直。

（2）西洋梨形身材

　　下半身比上半身结实，上半身细瘦，赘肉主要集中在臀部以及大腿上。① 50 个仰卧起坐，放松全身，准备下一个动作。② 左右腿各做 50 个垂直抬腿。③ 举两个 2.27 千克（5 磅）重的哑铃，左、右臂各 30 次。④ 弹跳 75 下，手臂同时保持向前平行伸直。

（3）沙漏形身材

上下半身都十分结实，腰身纤细，体重增加或减少是偏向全身的，而不是部分的。① 25 个仰卧起坐，放松全身，准备下一个动作。② 左右腿各做 50 个垂直举腿。③ 举两个 2.27 千克（5 磅）重的哑铃，左、右臂各举 25 次。④ 跳跃 100 下，手臂同时保持向前平行伸直。

找到与自己相对应的体形，再做如上动作，1周至少要做4次完整的练习，10天后就可以获得明显的效果。

网络在改变我们生活方式的同时，也带来了新的健康隐患。上网族大多有不同程度的肩背肌肉酸痛等症状，如果不及时采取措施，很容易引起病变。下面这套健身操，对缓解肌肉酸痛、调节血液循环颇为有良效。

上网族健身操

（1）头部运动

这组动作通过头向不同方向的运动，使头部、颈部肌群以及颈椎都得到了锻炼，从而调节由于长时间的坐姿头部对颈椎所造成的压力。① 两脚分开站立与肩同宽，双臂屈上举，双手伸直置于头上，抬头挺胸，收腹沉肩，两臂尽量向后外展；两脚与肩同宽，屈膝，双臂由上而下，两肘关节尽量内收，低头含胸，收腹弓背。② 两脚站立稍宽于肩，一腿向内屈膝，另一腿直立，同侧手屈臂上举，手伸直置于异侧耳部，并轻轻向下拉引头部，伸展颈侧肌群，重心在直立腿上；两腿伸直站立，上面的手随着身体的直立伸直放在头上，收腹挺胸，眼睛平视前方。③ 两脚前后站立，前腿屈膝，重心在两腿中间，两臂伸直下垂，肩下沉，头部向前伸，拉长颈部的肌肉；下肢不动，头向屈腿的一方转动，收下颌，同时两臂屈放于腰部，上体随头部转动。

（2）肩部运动

通过对肩部韧带的伸拉，改善肩部及两臂的血液循环，从而缓解肩部的疲劳。① 两腿站立稍宽于肩，一腿向内屈，另一腿直立，重心在两腿中间，两手屈臂上举并置于头后，两手拉住，向屈腿的一侧下拉上臂，头向下看；两腿伸直站立，双臂伸直上举，两手握住，抬头挺胸，收腹站立。② 下肢站立或坐姿均可，身体面对正前方，一臂向异侧平举，另一臂屈，并向下伸直臂，五指尽量伸展。

（3）腰部运动

这组动作有伸展腰部肌群的作用，长期练习，可改善不良姿态。① 两脚分开站立与肩同宽，一臂上举，另一臂下伸，身体向侧拉伸，上臂尽量向远伸，抬头挺胸；下肢不动，身体恢复直立，上臂屈侧展，手握拳，肌肉紧张，下臂伸展，两肩尽量打开，收腹收臀。② 两腿并拢伸直站立，双手分开向后（可握把杆，也可扶墙），头和躯干向后屈，抬头挺胸，两肩放松；

下肢不动，双手握住把杆，头和躯干由后向前屈，低头弓背。

（4）手指运动

通过此项练习，有助伸展手指肌群，拉长小臂韧带和缓解手指部小肌肉的疲劳。做手指运动时，站、坐姿均可，上身保持正直，挺胸收腹，两臂前伸，一上一下，下臂手腕上翘，由上面的手握住，轻轻向内拉引，然后4个手指由小指到示指依次从上面的手中伸出来。意识动作为一拍一动，每个动作可做2~4个八拍，左右交替进行练习。所有动作都要根据个人的身体状况来掌握其幅度、速度和强度。

坐椅健身操依次进行头部、上肢、腰腹部及下肢运动，具有锻炼全身关节和肌肉的作用，能增强肢体肌力和关节的灵活性，同时具有改善神经系统、心血管系统、呼吸系统及消化系统功能的作用。此操因取坐姿，较之其他体操更简易安全，适用于高龄和体弱的老人。

坐椅健身操

（1）头部运动

正坐于椅子上，头前屈、后屈、左屈、右屈各10次；头向左转至最大限度，还原再向右转，左右各转10次；头向左绕环1周，向右绕环1周，各做10次。

（2）上肢运动

两臂在胸前平屈，经体前成侧举，还原再侧举，做15～20次；两臂各做向后、向上、向前绕环15～20次，然后换方向各做绕环15～20次；两臂胸前平屈，以脊柱为轴心，向左转至最大限度，还原后再做1次，然后向右转动，还原后再做1次，如此反复做15～20次。

（3）腰腹部运动

上体前屈，同时两臂前伸触及脚背，胸部贴近大腿，还原，做15～20次。两手重叠，男左女右在前，紧贴腹部，做顺时针旋转摩擦15～20圈，然后做逆时针旋转摩擦15～20圈。

（4）下肢运动

一腿着地，另一腿抬起，小腿向前踢出，脚尖向上，还原。左右腿各做10～15次；一腿着地，另一腿抬起，并向侧摆，还原。左右腿各做15～20次。原地踏步100次。

注意事项：

①根据体质情况，本组体操可重复1～2遍，但中间应休息数分钟。②做操时须注意配合呼吸，切忌憋气练习，这样才能促进血液循环。③坐椅要稳，防止晃动和跌倒。

脚部有无数的神经末梢与大脑紧密相连。中医认为人体主要经络皆起源于脚部，俗话说：人老先老脚。因此，平时一定要注意对脚的保养。保养的方法很多，这里介绍一种双脚踩棍练习法，不妨一试。

踩棍操

准备一根圆木棍，直径为 3 ~ 5 厘米，长度为 40 厘米左右，以能放下双脚为宜。

（1）直立

双脚踩在木棍上，然后左、右脚一上一下交替踩棍，让木棍把脚底各个部位都刺激到。踩棍时间 5 分钟。踩棍时最好赤脚，因为赤脚效果最好；也可一脚站在地上，一脚踩在棍上，踩 3 分钟交替换脚进行。

（2）坐姿

人坐椅上，赤脚踩在地上的木棍上，先在上面踩来踩去，然后双脚来回滚动木棍，时间 5 分钟。

　　运动时用带状或管状橡胶制作的拉力器，携带方便，训练方法简单。它是利用橡胶产生的伸展力和收缩力来达到锻炼肌力的目的，运动时可根据每人不同的运动能力来增减胶带的数量，调整其宽度或长度来改变拉力的强度。在运动用力时吸气，还原时呼气。在用力拉时，可稍快些；收缩时，要用力控制缓慢还原。每个动作可做3~4组，每组用全力完成6~15次。完不成6次，就要减小拉力器的弹力，超过15次，就要增加拉力器的弹力。为增长肌力，需要隔一天训练一次。如果为了减缩多余脂肪，每组动作要练20次以上，每个动作可做4~5组，每周可练5~6天。只要持之以恒，坚持锻炼，合理饮食，就能收到健美体形的满意效果。

肩部肌群健美操

（1）臂前平举

　　胶带系在椅后腿上，坐在椅上，掌心向后握带，然后稍屈肘垂腕前平举。

（2）臂侧平举

　　胶带系在椅腿侧横梁上，坐在椅上，掌心向下握带，然后稍屈肘垂腕侧平举。

（3）俯身侧平举

上体前屈站立，脚踩胶带，两臂下垂，掌心相对握带，然后稍屈肘垂腕侧平举。

（4）向上推举

胶带系在椅背上，坐在椅子上，屈肘，掌心向前握带于肩侧，然后两臂向上推举。

（5）屈臂上拉

胶带系在椅前腿上，坐在椅上，两臂置于体前，掌心向后握带，然后屈臂上拉至下颌处。

胸背部肌群健美操

（1）直臂后拉

胶带系在椅前腿上，坐在椅上，上体前屈，两臂下垂，掌心向后握带，然后两臂后伸。

（2）直臂侧拉

坐在椅上，两臂上举，掌心向外握带，然后两臂向两侧拉。

（3）俯身提拉

上体前屈站立，脚踩胶带，两臂下垂，掌心向后握带，然后屈臂上拉至腹侧。

（4）仰坐扩胸

斜仰靠在椅背上，两臂前平举，掌心相对握带，然后两臂外展扩胸。

（5）仰坐推举

斜仰靠在椅背上，胶带系在椅背上。屈臂掌心向下握带于胸侧，然后两臂向前上方推举。

腰腹部肌群健美操

（1）伸臂转体

胶带放在背后，屈臂握带于肩侧站立，然后两臂伸直，同时上体左转，还原后再向右转，反复做。

（2）腰腹侧屈

脚踩胶带站立，上体左侧屈，左手握带，然后上体右侧屈，反复做。再换右手握带，上体右侧屈，反复做。

（3）腰腹后伸

脚踩胶带站立，上体前屈，两手体前握带，然后直体腰后伸。

（4）腰腹前屈

胶带系在椅背上，斜仰坐在椅上，屈臂颈后握带，然后上体前屈。

髋腿部肌群健美操

（1）屈腿伸直

胶带系在椅前腿上，另一头系在两脚上。屈膝坐在椅上，然后两腿向前伸直，再将两腿上抬。两腿也可分别做动作。

（2）直腿前抬

背靠椅背站立，两手扶椅背，胶带系在椅子后腿上，另一头系在两脚上，然后腿向前伸直抬起，一腿练完再练另一腿。

（3）直腿侧抬

左手扶椅背站立，胶带系在椅子后腿横梁上，另一头系在右脚上，然后右腿伸直外展。右腿练完再换左腿练。

（4）直腿后抬

面向椅背站立，两手扶椅背。胶带系在椅子后腿横梁上，另一头系在脚上，然后腿向后伸直抬起，一腿练完再换另一腿练。

（5）蹲起提踵

脚踩胶带下蹲，两臂下垂握带，然后直立再提踵。

器械锻炼，对形体健美可起到非常重要的作用。体形的"雕塑"主要靠人体肌肉的改善来实现。肌肉有一个生理特点，就是只有在不断给它增加阻力的情况下，肌纤维才能增长。器械锻炼因可以不断增加重量，所以可给肌肉不断增加新阻力，使人体获得健美的形体。这套简单易学的哑铃训练方法，要求一个动作反复做6～15次为一组。如果完不成6次就要减轻重量；如果超过15次，就要增加重量。但必须以最后1～2次动作全力完成为准。每个动作可做3～4组，一个动作做完再做另一个动作。为增长肌肉，需隔一天练一次。如为了减少多余脂肪，

哑铃健美操

（1）腰侧转

两手握哑铃于肩上，两脚分开站立。①～②腰左侧转2次。③～④腰右侧转2次。

（2）腰侧屈

两臂下垂握哑铃，两脚分开站立。①～②腰左侧屈2次。③～④腰右侧屈2次。

（3）腰屈伸

两臂下垂于体前握哑铃，两脚分开站立。①～②腰后伸2次。③～④腰前屈2次。

每组动作要练20次以上，每个动作可做4~5组，每周可练5~6天。运动时，动作要准确，锻炼一个部位时，其他部位不要活动。锻炼时，在运动姿势不变的情况下，要快收缩，然后稍停顿，再缓慢还原。运动时要有意念，想到你锻炼的这块肌群，使局部有酸、胀、热的感觉。每锻炼一组动作后，要休息30~60秒钟，再锻炼下一组。换另一个动作时，可以休息1~2分钟。另外，要增加高蛋白食品的摄入，控制含糖、油脂多的食品，使生活规律化，这些动作有利于肌肉的增长和减少脂肪。

以上为腰腹部的活动。

（4）负重蹲起

两手握哑铃于肩上，两脚分开站立。①~② 下蹲至大腿与地面平行。③~④ 直立，但不要弯腰、撅臀。此节动作侧重训练大腿前侧肌群。

（5）起落踵

两手握哑铃于肩上，两脚稍分开站立。① 提踵。② 停顿。③~④ 直膝紧臀，缓慢还原。此节动作侧重训练小腿后侧肌群。

（6）俯身划船

上体前屈，两臂下垂，掌心向后握哑铃，两脚分开站立。① 两臂后拉，上提哑铃至髋两侧。② 屈臂夹背，两手握哑铃前移至腹侧。③~④ 缓慢还原。此节动作侧重训练背部肌群。

（7）仰卧推举

仰卧长椅上，掌心向前握哑铃于肩侧。① 向上推举哑铃。② 停顿。③～④ 缓慢还原。此节动作侧重训练胸部肌群。

（8）**直立推举**

掌心向前握哑铃于肩侧，两脚分开站立。① 夹背，两臂向上推举。② 停顿。③～④ 缓慢还原。此节动作侧重训练肩部肌群。

（9）前平举

两臂下垂，掌心向后握哑铃，两脚分开站立。① 两臂前平举，稍屈肘，垂腕。② 停顿。③～④ 缓慢还原。此节动作侧重训练三角肌群的前束肌。

（10）侧平举

两臂下垂，掌心相对握哑铃，两脚分开站立。① 两臂侧平举，稍屈肘垂腕。② 停顿。③～④ 缓慢还原。此节动作侧重训练三角肌群的中束肌。

（11）俯身侧平举

俯身，两臂下垂，掌心相对握哑铃，两脚分开站立。① 两臂侧平举，稍屈肘，垂腕。② 停顿。③～④ 缓慢还原。此节动作侧重训练三角肌群的后束肌。

（12）直立提拉

两臂下垂，掌心向后，握哑铃于体前，两脚分开站立。① 屈臂提拉哑铃于下颌处。② 停顿。③～④ 缓慢还原。此节动作侧重训练肩部的斜方肌。

（13）反握弯举

两臂下垂，掌心向前握哑铃，两脚分开站立。① 屈肘弯举哑铃于肩前。② 停顿。③～④ 缓慢还原。此节动作侧重训练上臂肌群的肱二头肌。

（14）屈臂伸直

屈臂握哑铃于颈后，两脚分开站立。① 伸肘，上举哑铃。② 停顿。③～④ 缓慢还原。此节动作侧重训练上臂肌群的肱三头肌。

（15）正握弯举

两臂下垂，掌心向后握哑铃，两脚分开站立。① 屈肘，伸腕，弯举哑铃于肩前。② 停顿。③～④ 缓慢还原。此节动作侧重训练前臂的伸肌群和上臂肌群。

（16）腕屈伸

坐在椅上，两臂前伸平放在大腿上，垂腕，掌心向前握哑铃。① 屈腕。② 停顿。③～④ 缓慢还原。此节动作侧重训练前臂的屈肌群。

眼睛的健美非常重要，拥有一双美丽而富有神采的眼睛，是每一个人的愿望。那么，怎样才能使自己的眼睛健美呢？下面介绍一套简单易行的晨练健美护眼操。

健美护眼操

（1）头部不动，两眼珠在眼眶中尽量向上看，再向下看，上下为一次，共做15次。

（2）将头部微微向左侧仰，两眼珠先向左上方斜视，再慢慢转下，斜视于左下方，共做15次。

（3）将头部微微向右侧仰，两眼珠先向右上方斜视，再慢慢转下，斜视于右下方，共做15次。

（4）闭上眼睛，使眼球转圆圈，先顺时针转，再逆时针转，各转8次。尽量不要眯眼。

（5）两眼放松，眼皮微闭，眼珠静止，休息1分钟。

美颈瑜伽保健操

（1）猫伸展式

可活化整个脊柱，放松肩部和颈部，收紧腹肌，减缓痛经，改善月经不调和子宫下垂。① 双手、双膝和小腿着地，呈动物爬行姿态。② 吸气，抬头上看，收紧背肌，腰部下沉，翘起臀部。保持6秒钟。③ 呼气，放松颈部，垂头、含胸、收缩腹肌，拱起后背，保持6秒钟。如此反复，共做4~8次。

（2）眼镜蛇扭动式

可活化颈椎，减少颈部赘肉，挤压、按摩腹部内脏，对肠脏尤其有益。① 俯卧，双手撑于胸两侧。② 吸气，双臂伸直，撑起上身，头向后仰，眼看上方。③ 呼气，头部慢慢转向右侧，双眼注视脚跟，保持6秒钟。④ 吸气，还原。⑤ 呼气，头部再转向左侧，两眼注视右脚跟，保持6秒钟。以上动作共做3次。如果腰部僵硬或有伤病，可选择A、B两种动作来替代。A：小臂支撑于地，缓和腰部的紧张不适感。B：手臂尽量向前远伸，以缓解对腰部的压力。

（3）仰卧婴儿式

可伸展颈部右侧，加强颈部肌肉，并减缓便秘症状。① 仰卧，调整呼吸。② 吸气，屈右腿，双手抱住。③ 呼气，双手用力压腿，贴近胸、腹部。④ 先吸气，然后呼气，同时抬起头部，让下巴贴膝。⑤ 过渡到鼻尖贴膝。保持几秒钟。⑥ 还原后，换腿再做。左右腿各做3次。⑦ 吸气，屈起双腿，双手抱住，呼气，压向胸部。⑧ 先吸气，再呼气，同时抬头贴膝。如此反复，共做3次。

（4）半脊柱扭动式

可伸展、强化颈部肌肉，放松肩关节，活化脊柱，预防背痛。① 坐正，双腿向前伸直，然后屈左腿，将左腿放于右腿上方，脚心朝上。② 呼气，左臂前身，左手抓住右脚。替代做法：如果手够不到，可以借助毛巾或绳子。③ 上身转向右边，将右臂尽量收向背部。④ 右手揽住腰的左侧。⑤ 先吸气，然后呼气，同时头部和上身躯干尽量向左转，保持20秒钟自然呼吸。换腿再重复此式。如此反复，共做3次。

嗓音保健操

（1）坐式，两脚并拢，上体深前屈（胸部触膝），两臂放松垂于体侧。① 上体抬起，两臂上举，深吸气（闭气1～2秒钟）。② 上体慢速前屈，同时徐徐呼气，并间断发出"帕—帕、呼—呼"的双音。还原成预备姿势。做2～3组，每组8～10次，间歇20～30秒钟。

（2）并腿站立，腹部微内收，两手紧握拳（拇指内放）位于体侧，双唇闭合呈小圆筒状。① 两臂屈肘胸前平屈同肩高，深吸气。② 向两侧下摆，两拳松开，慢慢呼气，发出有节律的"呜—呜—呜"音。做两组，每组8～10次，间歇15～20秒钟。

（3）预备姿势同上。① 两臂侧平举，两手腕由前向后做绕环旋转动作，深吸气，闭气2～3秒钟。② 同①，绕旋方向相反，并匀速发出"嘶—嘶—嘶"的呼声。③ 两臂屈肘位于胸侧（拳眼向上），深吸气后闭气1～2秒钟。两臂连续前平举4～5次。④ 两臂体侧屈肘，连续侧平举4～5次，并呼出"帕—呼、帕—呼"音。做2～3组，间歇30～40秒钟。

（4）两腿开立同肩宽，右手握小蜡烛位于胸前，左手垂于体侧。① 深吸气，把点燃的蜡烛移近嘴前（间距30～35厘米），双唇呈小圆筒状。②～③ 轻缓、平稳、持续地呼气，保持烛焰不熄。④ 延长呼气，并将蜡烛缓缓向前延伸至手臂前平举。重复8～10次。

（5）两腿开立同肩宽，两臂屈肘位于体侧，双唇呈小圆筒状，深吸气。两臂以肩为轴，连续做由前向后绕转8～10次，转速渐次递增，并随呼气发出"奇卡—奇卡"音，宛如火车行驶的滚动声。做2～3组，间歇20～30秒钟。

（6）两腿开立同肩宽，伸直臂向头后上举，手指交叉互握，掌心向上。① 深吸气，上体深前屈，两臂弧形下摆垂于体前，并发出长声"嘿"音。② 上体直起，两臂前平举，深吸气。③ 两臂弧形下摆，两膝伸直，掌心触地，双唇呈圆筒状，从喉部发出短促有节律的"喔"音。④ 重复1次。⑤～⑧ 同①～④，做4个八拍。

（7）并腿站立，两臂放松垂于体侧。① 深蹲。② 向前做鸭子步移动20～30米，同时呼出"映"音。做2～3组，每组5～6次，间歇15～20秒钟。

（8）两腿侧分，两手垂于体侧。① 拇指和示指轻按鼻孔，深吸气。② 上体前后摇动，状似搂抱婴儿摇晃，从鼻中哼出柔和的"姆—姆"音5～10秒钟。做4～5组，间歇15～20秒钟。

（9）分腿站立，两手垂于体侧。① 深吸气，两手经体前至侧平举，掌心向上，扩胸。② 两手前平举，下摆至体侧，并呼出短促的"映—映—映"音。重复10～12次。

通过锻炼，可加强肩颈部肌肉的力量和颈椎阔韧带的弹性，减少皮肤皱纹，提高肩颈部的灵活性，并可矫正窄肩、溜肩，使肩宽适度，形体协调。

肩颈健美操

（1）头颈屈伸

两手放在体后，两脚分开站立，目视前方。① 头前屈，还原。② 头后仰，还原。③～④ 同①～②。⑤ 头左侧屈，还原。⑥ 头右侧屈，还原。⑦～⑧ 同⑤～⑥。

（2）头颈侧转

两手放在体后，两脚分开站立，目视前方。① 头左侧转，还原。② 头右侧转，还原。③～④ 同

①~②。⑤ 头颈前伸，还原。⑥ 头颈后缩，还原。
⑦~⑧ 同⑤~⑥。

（3）头颈环绕

两手放在体后，两脚分开站立，目视前方。
①~④ 头颈顺时针环绕一周至身体重心左移，甩头于
左前上方。⑤~⑧ 头颈逆时针环绕一周至身体重心右
移，甩头于右前上方。

（4）向后振肩

两手放在腰后，两脚分开站立，反复向后振肩。

（5）双肩提降

两臂下垂，两脚分开站立。① 双肩上提。② 双
肩下降。

（6）单肩提降

两臂下垂，两脚分开站立。① 右肩上提，左肩下
降。② 左肩上提，右肩下降。

（7）肩带环绕

两臂下垂，两脚分开站立。双肩提起向后环绕，
反复做。

（8）单臂前摆

两臂下垂直立。① 右臂前平摆，稍屈肘垂腕，左

臂后摆，左腿屈，足尖点地。② 左臂前平摆，稍屈肘垂腕，右臂后摆，右腿屈，足尖点地。

（9）双臂前摆

两臂下垂，两脚分开站立。① 身体重心左移，同时两臂前平摆，稍屈肘垂腕。② 身体重心右移，动作同①。

（10）臂前环绕

两臂下垂，两脚分开站立。① 髋向左摆，两臂前平举。② 髋向右摆，两臂上举。③ 髋向左摆，两臂侧举。④ 髋向右摆，两臂下垂。

（11）双臂侧摆

两臂下垂，两脚分开站立。① 身体重心左移，同时两臂侧平摆，稍屈肘垂腕。② 身体重心右移，动作同①。

（12）单臂侧摆

两臂下垂，两脚分开站立。① 髋向右摆，右臂侧平摆，稍屈肘，垂腕。② 髋向左摆，左臂侧平摆，稍屈肘垂腕。

（13）臂侧环绕

两臂下垂，两脚分开站立。① 髋向右摆，两臂侧平举。② 髋向左摆，两臂上举。③ 髋向右摆，两臂体前交叉。④ 髋向左摆，两臂下垂。

（14）俯身展臂

上体前屈，两臂下垂握拳，两脚分开站立，然后两臂侧平举，同时抬头。反复做。

（15）臂上举

握拳于肩前，两脚分开站立。① 身体重心左移，两臂上举，十指张开，还原。② 身体重心右移，动作同①。③～④ 同①～②。⑤ 身体重心左移，右臂上举，还原。⑥ 身体重心右移，左臂上举，还原。⑦～⑧ 同⑤～⑥。

（16）摆髋扭肩

两臂侧平举，两脚分开站立。① 髋向左摆，左臂外旋，右臂内旋。② 髋向右摆，右臂外旋，左臂内旋。③～④ 同①，反复做2次。⑤ 同②。⑥ 同①。⑦～⑧ 同②。反复做2次。

通过锻炼，可增强手臂肌力，使臂部松弛的肌肤变得光滑紧张，富有弹性。

手臂健美操

（1）推掌

屈臂，十指交叉于胸前，掌心向外，两脚分开站立。① 两臂向前伸直，髋向左摆。② 屈臂还原，髋向右摆。

（2）指腕屈伸

屈肘，垂腕握拳于肩前，两脚分开站立。① 两臂向前伸直，两腕上伸，十指张开。② 用力握拳。③ 用力垂腕。④ 还原。

（3）前臂屈

两臂下垂握拳，两脚分开站立。① 屈腿，左足尖点地于右足弓处，同时双屈肘。② 还原。③ 同①，方向相反。④ 还原。

（4）屈肘摆髋

两臂下垂握拳，两脚分开站立。① 髋向右摆，右肘屈，前臂旋外，握拳于肩前，右臂旋内后伸，后振2次。② 同①，动作相反。③～④ 同①～②，速度加快1倍，两臂后振各1次。

（5）前臂伸

① 上体前屈，两臂屈肘握拳于胸侧，两脚分开站立，然后前臂向后伸直，同时抬头，反复做。② 直立，屈肘握拳于胸侧，然后前臂向后伸直。反复做。③ 两臂上举，屈肘握拳于颈后，然后前臂向上伸直。反复做。

通过锻炼，可以矫正习惯性含胸驼背，减少背部多余脂肪的堆积，有利于胸廓的良好发育，使胸部挺拔健美。

胸背健美操

（1）夹胸

屈臂于肩侧，十指张开，掌心向外，两脚分开站立。① 髋向左摆，两臂内收屈肘于胸前，掌心向里。② 髋向右摆，还原。

（2）臂内收

两臂下垂，两脚分开站立。① 屈腿，右足尖点地于左足弓处，同时两臂旋内，内收体前夹胸。② 两腿伸直分开站立，两臂旋外，外展，十指张开。③ 左足尖点地，动作同①。④ 同②。

（3）臂内环绕

两臂下垂，两脚分开站立。① 髋向左摆，两臂体前交叉。② 髋向右摆，两臂上举交叉。③ 髋向左摆，两臂侧上举。④ 髋向右摆，两臂侧下伸。

（4）摆臂扩胸

两臂前平举，握举，两脚分开站立。① 两臂后伸，同时屈腿，挺胸伸腰，抬头。② 还原。③ 上体左转；重心右移，左腿侧伸，足尖点地，两臂扩胸。④ 还原。⑤ 同①。⑥ 还原。⑦ 上体右转，重心左移，两臂扩胸。⑧ 还原。

（5）拉臂后摆

两臂前伸握拳，两脚分开站立。① 屈肘后拉，握拳于腰侧，同时屈腿，右足尖点地于左足弓处。② 还原。③ 两臂伸直后摆。④ 还原。⑤ 换左足尖点地，动作同①。⑥～⑧同②～④。

（6）俯身伸臂

上体前屈，两臂下垂，握拳，两脚分开站立。① 屈臂握拳于腰侧。② 还原。③ 两臂伸直后伸，同时抬头。④ 还原。

（7）夹背

两脚分开站立，两手体后交叉，反复用力夹背，两臂上抬，同时抬头。

（8）体后伸臂

两手体后交叉，两脚分开站立。① 屈臂上提，低头。② 挺胸抬头，夹背，两臂后伸。③ 上体前屈，两臂上伸，抬头。④ 还原。

医学专家从多年的研究中发现，手指对于人的健康起到了十分重要的作用，手指操能起到消除疲劳、减轻精神负担、缓解紧张情绪的神奇功能。每个人的10个手指都对应着身体的某个部分，并起到调节和梳理的作用。

按指健身操

（1）挤压中指

左手自然伸平，右手大拇指顺手掌方向放在左手中指上，其他手指与大拇指轻轻挤压左手中指。过一会儿用同样的方法换到右手上。具有提神、消除疲劳、减轻精神负担等功能，让人很快平静下来，有助于呼吸和增强视力。

（2）轻拉中指

左手伸平，右手大拇指放在左手中指一侧，右手其他手指轻轻拉住左手中指，过一会儿用同样方法换到右手中指上。可积蓄力量，帮助呼吸通畅，增强视力与听力，消除脚痛，使人摆脱委靡不振和动作迟钝。

（3）轻挤环指

右手大拇指从手掌方向放在左手环指（无名指）和小指上，其他手指放在左手背上，一起轻轻挤压，片刻后再到右手上重复此动作。可安神，减轻疲劳，缓解精神压力和紧张情绪，帮助呼吸，增强心脏功能。

（4）挤压手心

右手大拇指放在左手示指和中指上，右手其他手指从手心方向挤压，过一会儿用同样方法换到另一只手上。可消除疲劳，减轻精神压力，帮助人摆脱恐惧、愤怒等情绪，逐步恢复自信。

（5）顶大拇指

右手大拇指内侧和中指指甲盖顶住左手大拇指，轻轻按压，随后换到左手上。可积蓄力量，激活身体各部组织，消除疲劳，有助于减肥。

（6）上挺手指

左手环指（无名指）指甲盖顶住左手大拇指指腹，其他手指用力向上挺，过一会儿用同样方法换到右手上。调整呼吸节奏，增强听力，进一步改善脸色和保护皮肤，增强自信心，摆脱忧伤情绪。此方法在跑步、行走、散步、登山和做操时使用十分有益。

（7）按压指腹

两手中指指腹合拢，其他手指交叉放在指根处，轻轻按压。有助于消化，清除体内脂肪，帮助呼吸，减轻疲劳，去除头痛、背痛和脚痛。

（8）手指上伸

左手和右手的中指指甲盖并拢，其他手指用力向上伸。有助于呼吸，减轻脊椎压力，安定情绪。

要想使手更健美，除了保护好手上的皮肤外，更重要的是锻炼手指的关节，使手指灵活、柔韧。

手指操

（1）两手五指并拢，双臂前伸，腕关节不要弯曲，用力做手指屈伸动作，先握后伸，重复10～15次。

（2）两臂前伸，紧握拳，然后将手指突然伸开，尽可能努力伸展五指，重复12～15次。

（3）两臂前伸，先向左边转动腕关节，并带动肩、肘关节，再向右边做同样运动，重复12～15次。

（4）双手五指分开，连续用力做伸展和并拢手指的动作，重复5～10次。

（5）双手五指交叉，两个大拇指彼此围绕对方转动，先由里向外，再由外向里，重复10～20次。

（6）模拟十指弹琴动作，先由左至右，再由右至左，重复15～20次。

在我们日常从事的运动中，有很多动作与髋关节有着紧密的联系，比如做前后深蹲，身体前后的摆动，骑自行车和练习蹬踏车运动等等。不仅如此，还有多种运动项目需要在身体的两侧开展。因此，保持好髋关节是一件不容忽视的事情。身体两侧动作的展开主要是锻炼髋关节侧面肌肉的力量，它可以使锻炼者的双腿自由灵活地向任何方向伸展和收缩，在网球和高尔夫球运动中它能起到稳定作用。每日做几节髋关节保健操，对于加强髋关节肌肉的力量，减轻腰部疼痛是很有必要的。为了使髋关节得到保护，减小其压力，可按以下动作进行训练。

髋关节保健操

（1）练习者侧卧，一肘托于脑侧，双腿弯曲。动作开始时，缓慢伸直并尽可能地高抬一腿，后背保持正直，高抬腿的脚面绷直。此动作持续3～5秒钟后缓慢恢复到起始位置。双腿交换练习。

（2）练习者一腿站于15厘米高的物体上，膝盖弯曲，双手叉腰，背部保持正直。动作开始时，练习者缓慢伸直踩物体的腿，尽量向上抬高髋关节，膝盖保持伸直。此动作保持3～5秒钟后缓慢恢复到起始位置。如练习者感到伸直腿后难以保持身体的平衡，可在面前放一矮桌，双手扶之以作支撑。

（3）练习者做深蹲姿势，双手叉腰。动作开始时，练习者缓慢站起，一腿尽可能地向远处滑动，另一腿作为支撑但不必伸直。保持此动作3～5秒钟后缓慢恢复到起始位置。双腿交替练习。为了更好地保持平衡，可在身前放置一矮桌，双手扶之以作支撑。

以上动作要求简单，无须其他辅助器械，也不需要很长的时间，业余时间即可锻炼髋关节肌肉的力量。练习者每周可练习3～4次，每个动作做20次。练习时动作要缓慢，自己体会感觉，循序渐进。若无痛感产生，练习者可在距小腿（踝）关节上放500～1 000克的重物进行练习。

这套操的特点在于利用人体的自抗力，无须运动器械，随时随地可做。它对预防和治疗各种关节炎症，发展胸、臂、肩部肌肉，增强肩和上肢各关节的灵活性等均有良好的作用。

手臂及肩胛保健操

（1）半蹲，双手抱膝，用力向下屈膝同时手上拉。此练习由于有肩胛肌及腰部肌肉的积极参与，故能消除其紧张度，得到放松协调。练习力度可逐渐加大。

（2）两腿弯曲，尽量使大腿保持水平状态。两手扶膝，上体前倾，肘部尽量弯曲，然后两臂克服腰部肌肉的阻力用力伸直。

（3）左手握住伸直的右手腕，左肩放松下沉。右肩上抬，同时左手下拉右腕给予阻力。

（4）两手背后伸直扣握，然后尽量上抬。

（5）动作同上，只是两臂上抬时，先屈肘，再伸直。

（6）站立，两肘弯曲。由两侧略上抬，两肘后振，收缩肩胛肌。

（7）两肘弯曲侧上举，尽力收缩手和肩部肌肉。

（8）双手举过头部扣握，用力收缩手和肩部肌肉，仿佛拉断"圆环"。然后两手放下，但仍保持肌肉张力。

（9）坐凳，两手扶膝，两脚分开同肩宽，两肘尽量上抬，同时用力收缩手臂、肩胛及腰部肌肉。然后两肘下放，两手紧推两膝，压其并拢，两膝则保持不动，给两手以抗力。此练习亦可半蹲着做。

（10）左手上举，右手握左手腕，左手下压，右手反抗，再反过来做。

（11）两臂伸直下垂，右手压住左手进行对抗运动，再反过来做。

（12）右臂屈肘前上举，上臂与肩夹角成90°，左臂上举，右手握左手腕，然后右手前臂向左用力，左手对抗，再反过来做。

（13）两臂胸前弯曲，左手握住右手腕，右手上抬，左手下压，再反过来做。

（14）右臂屈肘贴紧身体，左手握住右肘下拉，右肘用力上举、侧举，再反过来做。

（15）动作同上，方向相反，即右肘下压左手上抬，再反过来做。此练习能同时锻炼胸肌和背肌。

（16）两臂前抬至胸高，右手掌压住左手背。左臂用力上抬，右臂用力下压。

以锻炼身体、快乐心灵为理念又不失其拉丁风格、特点，结合健身操基本动作和步伐，成为一种健身时尚。拉丁健身操中最有特色和代表性的就数恰恰健身操，其特点是四拍五步，曲调欢快有趣，动作具有诙谐而花哨的风格，手臂配合紧凑，给人一种俏皮而利落的感觉。只要你利用美感、神韵进行练习，一定能增强机体的心、肺功能，对美容、延缓衰老均有功效。坚持练一段时间，腰腹就会变细，身体更加健美。下面介绍一组恰恰拉丁健身操套路小组合。

腰腹恰恰健身操

第一节：

　　1拍，右脚向后一步左脚点地，重心落在右脚，两臂弯曲放在腰间自然摆动。

　　2拍，重心前移落在左脚。

　　3~4拍，向右采用并合步的节奏原地向下跺脚。

　　5拍，左脚向前一步右脚点地，重心落在左脚，两臂弯曲放在腰间自然摆动。

　　6拍，重心后移落在右脚。

　　7~8拍，向左采用并合步的节奏原地向下跺脚。

第二节：

　　同第一节动作。但3~4、7~8拍分别向左、向右并合步。

第三节：

　　1拍，右脚在左脚左侧方点地，重心随之前移，同时身体左转90°，右手五指轻扶右胯且肘外展，左手手心向下并左斜上伸直拉起。头向时钟7点方向看。

　　2拍，重心随之后移落至左脚，同时身体右转90°，两臂弯曲放在腰间自然摆动。

　　3~4拍，向右并合步。5~8拍，同1~4拍，但方向相反。

第四节：

　　同第三节动作。但手臂的单臂变为双臂在头上拉起，手心向下。

第五节：

　　1~2拍，面对1点方向，右脚、左脚依次交叉前走两步，两臂自然弯曲摆动。

　　3~4拍，右脚尖微前点地提膝提胯左右摆胯2次，两手五指轻扶胯两侧且肘外展。

　　5~6拍，同1~2拍。

　　7~8拍，右脚尖微前点地提膝提胯左右摆胯2次，同时双臂在头上拉起手心向下，头向时钟1点方向看。

第六节：

　　1拍，左臂侧平举成立掌，右手五指扶胯，肘外展。右脚在左脚外点地同时体左转 270°。

2 拍，左脚点地同时身体继续左转 90°，手臂向上，面对 1 点方向。

3～4 拍，向右并合步。

5 拍，左脚尖经前在右脚外侧点地，两手臂侧放，面对 1 点方向。

6 拍，定点转 360°，7～8 拍，向左并合步。

第七节：

1 拍，右脚后撤一步，左脚抬起脚尖向下，两臂体前交叉。

2 拍，左脚落下。

3～4 拍，向右一次并步跳，两臂体侧平举。

5 拍，左脚向体前一步身体右转 90°，重心前移落在左脚上，左手五指扶胯，肘外展，右手手心向下向右斜上方拉起，面对 1 点方向。

6 拍，重心后移落在右脚上。7～8 拍，向左并合步。

第八节：

1～2 拍，面对 8 点方向，做右肩、右手、右脚在前的搓步。

3～4 拍，做左肩、左手、左脚在前的搓步。5 拍，右脚尖前点，左肩在前。6 拍，向左定点转 180°，面对 4 点方向。

7～8 拍，身体左转 135° 即面对 1 点方向，向右并合步，手臂自然摆动。

一个人的腹部形态是构成外观线条美的重要因素。腹部也是人体脂肪的主要堆积部位，体胖的人，最明显的特征就是腹部凸出。腹部脂肪堆积不但妨碍运动，还限制肠胃蠕动，不利于健康。体育运动是消耗体内脂肪的积极手段，较长时间的中等强度的有氧锻炼，可以逐步消耗体内各部位的脂肪。有人认为，只要拼命做腹部运动，

腹部减肥操

（1）右腿起跳，左膝高抬，右手握拳向左侧摆动，再换左脚起跳，动作方向相反。

（2）两腿绷直，两脚交替提踵，两臂交替上下摆动。

（3）屈膝，上体前屈，两手触地。然后慢慢绷直双腿，再上体抬起，直立。

（4）左腿起跳，右腿向左上方踢出，同时双臂右摆，再做反方向动作。

（5）双手抱肘部举过头，同时低头。

（6）两膝分别高抬，两臂分别向前推出。

就可以使腹部的脂肪转化为肌肉。其实，任何一个部位的肌肉运动，既不能消耗脂肪，也不能将脂肪转化为肌肉。局部的肌肉运动只能压紧局部的脂肪层，使松弛的脂肪组织的体积缩小一些。要想改变体形，只有将脂肪逐步消耗掉。一方面坚持运动，一方面少吃糖类和脂肪类的食物，才能使腹部健美。下面介绍的腹部减肥操，每周锻炼不得少于4次，每个动作须反复做15～20次。

（7）两臂向前推出，掌心向前，同时勾脚分别向上踢两腿。

（8）两脚分开站立，两手扶膝部，低头弓背，然后挺胸、伸背、抬头。

（9）正坐，两手体后撑地，然后两腿分别上踢。

（10）两腿屈膝坐地，两手抱颈后，然后上体下压，头触膝部。

（11）正坐，两手体后撑地，然后抬右膝靠胸部，再向前蹬右腿。两腿交替做。

（12）两腿屈膝仰卧，然后踢起右腿，同时上体坐起，两臂伸直，手触右脚腕。两腿分别做。

（13）仰卧，上体坐起，两手抱左膝，头触膝盖。再换腿做。

（14）两脚分开站立，两手抱肘部用力左侧摆，再向右侧摆。

（15）两脚分开站立，两手叉腰，然后向左转体，再向右转体。

（16）两手扶肘部站立，然后侧踢左腿，同时双肘下压。再换腿做。

（17）正坐，两手体后撑地，然后上踢右腿，再屈膝向外侧下压贴地面，再换腿做。

（18）正坐，两手体后撑地，然后上踢右腿，屈膝，再向侧方踢出。

（19）直立，屈膝侧抬左腿，屈左臂于体后，右臂上举。再换另一侧做。

（20）直立，侧踢左腿，屈左臂于体后，右臂上举。再换另一侧做。

（21）两腿屈膝平坐。左腿上踢，同时两臂前伸，再屈左膝，向侧面踢出，同时两臂右摆。换腿做，动作同前，方向相反。

（22）屈膝平仰卧，两臂侧平放，然后上体仰卧起坐，两臂前伸。

（23）屈膝平坐，两手抱膝外展，低头下压。

（24）两腿伸直平坐，两手体后撑地，然后身体挺起，用两手和两脚撑地。

（25）两腿伸直平坐，两手体后撑地，然后两腿交替向上抬起。

（26）直立，两臂上举，然后上体前屈、屈膝。两手分别触摸两踝外侧。

（27）直立，两臂上举，然后两手抱肘部，屈膝，两肘触膝部，再慢慢伸直两腿。

（28）屈膝平坐，两手体后撑地，然后两腿伸直抬起向左转，两臂向右摆动，再做反方向动作。

（29）屈膝平坐，然后右腿伸直，两手抱左膝，再身体慢慢后仰至背着地。换腿做。

（30）侧卧，上抬右腿，右手扶右腿，然后左腿抬起做绕环动作。换腿做。

（31）平仰卧，然后上体抬起，同时右腿上抬，左手触右脚。平仰卧后，再换右手触左脚做。

（32）屈膝平坐，两手体后撑地，然后身体抬起，右腿伸直上抬，左腿屈膝。换腿做。

（33）平仰卧，两腿上举，然后两腿分别屈膝，再向上伸直。

（34）右膝跪地，右手撑地，左腿屈膝抬起触胸部，然后左臂前伸，左腿后伸。再换腿做。

（35）两腿并拢站立，然后上体前屈，屈膝，手扶地。再慢慢两腿伸直。

（36）原地慢跑。

如果你担心自己小腹突出，影响体形，如果你有便秘等毛病，来做清肠体操吧。如果每个人都能够了解运动能使肠蠕动的道理，那么你的便秘问题也就有望解决了。

清肠养生操

（1）将两脚放松与肩同宽，感觉稍微向外站立着，然后深吸气后慢慢吐气，需要把力量放稳，尽量放轻松。

（2）将两手交叉手掌向外，边吸气边慢慢把手往头上伸，然后放松再边吐气手边往下放。做5次。

（3）因为大腿的肌肉连接着腰骨，如果经常活动的话对刺激肠蠕动有帮助。首先必须上仰，放轻松。

（4）把一条腿弯曲后用两手抱住膝盖，边吸气并用力地往胸膛拉，再慢慢地吐气归位。

（5）另一条腿做相同的动作。大腿压迫下腹有助肠内的空气放出。睡前左右各3次，不要过于勉强。

（6）早上在床上也可做轻微的腹部运动。为了不让颈部不舒服可拿掉枕头，首先也从放松全身开始。

（7）采用同样的姿势在弯曲膝盖的情况下，将脚抬高10～15厘米，慢慢地数到十，再还原，边休息边做3次。

（8）以下动作可能比较辛苦，但如有力气的话，尽力试着做。在地板上两脚伸直坐着，把两手往后撑，上半身有点倾斜。

（9）努力让头与指尖呈一直线，把背伸直，抬腰部保持10～15秒钟，然后一边吐气一边回复原来的姿势，共做5次。

在乘公车抓住吊环时，等待红绿灯时，坐在办公室时，无论何时何地都可以做收腹等刺激腹部的运动。用意在于促使大腿的肌肉运动，如果爬楼梯过于困难的话，在家里抬高大腿走动也可以。

如果体脂较多，臀部皮下更易堆积脂肪，造成肌肉松弛，臀部下坠，行动笨拙，影响体形美。下面介绍一套臀部减肥操，只要坚持做，就能消耗臀部脂肪，缩小臀部体积，使行动更加灵活。锻炼前先慢跑3分钟，然后以下每个动作反复做若干次。每周练习5次。

臀部减肥操

（1）仰卧，右腿屈膝抬起，两手抱膝触胸部，左腿伸直抬起。两腿交替做。

（2）俯卧，左腿屈膝，左手握住左脚踝部，触及臀部，左大腿不可离地。两腿交替做。

（3）两臂屈肘撑地，半仰卧，然后左腿伸直，右腿向左靠，右膝触地，右小腿与左腿垂直成90°，但臀部不要移动。两腿交替做。

（4）平坐，然后上体前屈，两手触脚趾，胸触两腿，两腿要伸直。

（5）左膝跪地，右腿屈膝成90°，两手扶膝部，然后左腿和臀部向前下方压。两腿交替做。

（6）平坐，两腿分开，手指交叉，两掌撑地，然后上体前屈，两臂屈肘触地下压。

（7）两腿分开站立，上体前屈，两臂下垂，两手掌心触地。两脚尖向内做，再两脚尖向外侧做。

（8）平坐，两腿屈膝向两侧分开，两手体后撑地，然后腿内旋，用膝部触地。两腿交替做。

（9）平坐，两腿屈膝外展，两脚掌相对，两手放在膝上然后两手慢慢将膝部向两侧下压，使膝部触地。

（10）平坐，两腿并拢伸直，两手体后撑地。然后右腿抬起向左，同时臀部抬起向左移动。两腿交替做。

（11）仰卧，两臂侧平放，掌心向下，两腿并拢伸直，然后左腿抬起与上体成90°，再向右侧放，触右手部，同时头向左转。左腿抬起，放下还原，再换右腿做。两腿交替做。

（12）跪立，两臂前平举，然后臀部向脚的左侧坐下，再跪起，接着臀部向脚的右侧坐下。两侧交替做。

（13）平坐，两腿并拢伸直，然后臀部转向左侧，左手撑地，右臂上举，再臀部转向右侧。两侧交替做。

（14）跪坐在脚上，两手体后撑地，两臂伸直，然后臀部向上挺起，头后仰。

（15）直立，右腿抬起，脚尖向下，右手握住右腿膝部，尽力向右侧推，然后再移回。两腿交替做。

（16）两腿分开站立，上体前屈，两臂下垂，两手触地，然后左右摆髋部。

（17）直立，两脚并拢，两手叉腰，然后左右用力扭髋部。

在夏天穿短裙之际，一些腿胖的人常常为胖腿而苦恼。其实，只要坚持锻炼，就会拥有修长而健美的双腿。以下每个动作反复做若干次。

双腿健美操

（1）用前脚掌站立，先原地跑，然后原地高抬腿跑。

（2）提踵直立，两臂前平举，屈膝半蹲，然后落踵直立，两臂上举。

（3）直立，两臂上举，两手相握，头稍后仰，然后两腿交替尽力高抬，膝部要绷直。

（4）直立，两臂侧平举。抬左大腿，小腿自然下垂并画圈，然后换右腿做。

（5）原地跑，同时两脚跟部交替向后踢臀部。

（6）右脚踏在椅子面上，两臂侧平举，然后两腿同时屈膝，站直，再屈膝。练完后再换左脚踏椅子面上做相同动作。

（7）正坐，两手向后撑地，然后两腿抬起交替屈膝，伸直。

（8）正坐，两手向后撑地，两腿伸直尽力高抬起，然后两腿分开，再并拢。

（9）仰卧，两腿抬起模仿蹬自行车的动作，同时随腿的动作左右转动臀部。

（10）仰卧，两腿屈膝，两臂侧平放，然后右小腿上摆，使腿伸直，练完后，再换左腿练，动作相同。

（11）正坐，两手握住左脚掌，将腿向上拉高，练完后，再练右腿，动作相同。

女子颈肩健美操

（1）颈部

分腿站立，两手叉腰（2×8拍）。

第一个八拍：1拍，半蹲，头前屈。2拍，还原。3拍，半蹲，头后屈。4拍，还原。5拍，左髋侧顶，右膝内扣，同时头尽量向左侧屈。6拍，还原。7拍，右髋侧顶，左膝内扣，同时头尽量向右侧屈。8拍，还原。

第二个八拍：1～4拍，两腿由半蹲逐渐伸直，头向左侧经后绕环一周。5～8拍同1～4拍，但方向相反。

（2）肩部

分腿站立，两臂自然下垂（4×8拍）。

第一个八拍：1～2拍，重心移至左腿站立，右脚尖侧点地，同时左肩向后绕环，眼看左前方。3～4拍同1～2拍，但动作方向相反。5～8拍同1～4拍。

第二个八拍：1～2拍，重心在右腿，屈膝，左腿并于右腿，脚尖点地，同时左肩向前绕环，含胸低头。3～4拍，分腿站立，同时左肩向后绕环，两臂下垂。5～8拍同1～4拍，但动作方向相反。

第三四个八拍同第一二个八拍。

女子上肢健美操

并腿站立，两臂自然下垂（10×8拍）。

第一个八拍：1～2拍，半蹲，同时两臂体前交叉，五指分开，掌心向内，眼看前下方。3拍,左脚向左一步，成分腿站立，同时两臂经身体两侧向前交叉，五指分开，掌心向前。4拍，两臂侧平举。5～6拍，两手握拳以肘关节为轴，经下向外绕环。7拍，两臂向上伸直，五指分开，掌心向前。8拍，还原。

第二个八拍同第一个八拍，但向右侧一步。

第三四个八拍同第一二个八拍。

第五个八拍：1～2拍，两脚踮起成左腿屈膝，脚尖点地，右脚站立（滚动步），同时右臂前屈肘，手指触肩，左臂前伸。3～4拍同1～2拍，但动作相反。5～6拍，两脚踮起成右腿屈膝，脚尖点地，左脚站立（滚动步），同时左臂侧屈肘，手指触肩，右臂侧伸。7～8拍同5～6拍，但动作方向相反。

第六个八拍同第五个八拍。

第七个八拍：1拍，左脚向前一步，同时左臂上举，右臂前举。2拍，右脚并与左脚，同时右臂上举，掌心相对。3～4拍同1～2拍，但动作相反。5～8拍，左脚向侧并步跳起，同时两臂侧举，掌心向下。

第八个八拍同第七个八拍，但动作方向相反。

第九十个八拍同第七八个八拍。

女子美腿操

并腿站立，两臂自然下垂（8×8拍）。

第一个八拍：1～2拍，右脚原地跳2次，左腿屈膝，同时屈臂，右肘碰左膝，两手握拳。3～4拍，右脚原地跳2次，左腿前踢，同时右臂前伸，手碰左脚背，左臂侧举。5～8拍同1～4拍，但动作相反，结束时两臂上举，两手握拳。

第二个八拍：1拍，右脚原地跳一次，左腿前踢，同时两臂经身体两侧下摆。2拍，并腿跳一次，同时两臂经身体两侧上举。3～4拍同1～2拍，但动作相反。5～8拍同1～4拍。

第三四个八拍同第一二个八拍。

第五个八拍：1～2拍，向左转体45°，左脚原地跳一次，右腿屈膝后摆，同时左臂屈肘握拳向上摆，右手叉腰。3～4拍同1～2拍。5～6拍，左脚原地跳一次，右腿前屈膝，脚内侧靠左膝内侧，同时左臂前伸，掌心向前，右臂经前向后上方绕环一周，手指弯曲，掌根向上。眼看前方，7～8拍同5～6拍。

第六个八拍同第五个八拍，但动作方向相反。

第七八个八拍同第五六个八拍。

女子加强足踝部锻炼，可提高足踝的肌力和灵活性，不仅能矫治踝部粗肿或干瘦的畸态，且有助于腿部的整体美。

女子健踝操

（1）开腿站立，前脚掌站在木块上（25～30厘米长，5～8厘米厚），两手握杠铃于颈后。①提踵静止2～3秒钟。②还原。③～④同①～②。共2组，每组8～10次，间歇25～30秒钟。

（2）两脚并立，两手握哑铃（5～6千克）垂于体侧。①两脚向两侧外翻。②还原。呼吸均匀，重复12～15次。

（3）并腿站立，左脚前掌站在木块上，左手握哑铃，右手扶墙。①左脚提踵，右腿屈膝后抬。②还原。③～④同①～②。两脚交替练习，呼吸均匀，两侧各重复8～10次。

（4）分腿站立（间距10～15厘米），两手握杠铃于颈后。两脚交替提踵，不可触地。每组30～40秒钟，间歇20秒钟，共2组。

（5）并腿坐在椅上，前脚掌放在木块上。两手握杠铃于膝部。①两脚同时提踵，上体保持正直，吸气，静止3～5秒钟。②还原，呼气。共3组，每组10～12次，间歇20～30秒钟。

（6）分腿站立（同肩宽），两手扶墙。①两脚提踵。②～③距小腿（踝）关节从右向左旋转1周。④还原。⑤～⑧同①～④，方向相反。共3组，每组各绕旋5次，间歇30～40秒钟。

（7）面墙站立，两脚分开，两手扶墙。①前脚掌上翘，静止4～5秒钟，上体不可后仰。②还原。③～④同①～②。共3组，每组10～12次，间歇20～30秒钟。

（8）两腿开立，两手握杠铃于颈后。①前脚掌上翘。②用脚跟向前步行20～30米。共2组，每组2次，间歇时慢速放松走40～50秒钟。

（9）面墙站立，两脚并拢，脚趾上端放杠铃片（10～15千克）。两手扶墙。①前脚掌向上翘起，上体保持直立，静止3～5秒钟。②脚趾慢速下落着地，呼吸均匀。共2组。每组8～10次，间歇30～40秒钟。

（10）分腿站立，两手扶墙。①前脚掌上翘。②前脚掌向左右侧分，呈外八字脚。③～④两脚掌并拢成站立。⑤～⑧同①～④。共3组，每组8～10次，间歇 40 秒钟。

（11）坐在椅上，两脚侧分，右脚放入套在桌腿上的胶带圈内。两手掌撑椅面。① 右前脚掌微离地面，右脚前趾用力向左牵引胶带。② 还原。共 2 组，每组 8～10 次，间歇 30～40 秒钟，两脚交替练习。

（12）坐姿同上，两脚内旋紧夹皮球。① 两脚夹球上提，静止 3～4 秒钟。② 还原。重复 10～12 次。

（13）坐姿同上，两脚放在皮球顶部。① 前脚掌拨动皮球向前滚动，脚踝随球体移动，两脚用力绷直前伸。② 动作相同，滚动方向相反。皮球后滚时，脚趾尽力上翘。共 3 组，每组滚动 8～10 次，间歇 20～30 秒钟。

（14）两脚开立宽于肩，两手叉腰。① 直腿，两腿向两侧外翻，静止 3～5 秒钟。② 还原。共 2 组，每组 7～10 次，间歇 20～30 秒钟。

注意事项：

① 练习前，脚踝和小腿需做10分钟准备活动；练习后，选做10分钟整理活动或自我按摩。

② 初练时，可选做部分操节，练一段时间后，可做全套练习，每节重复次数可酌情递增。

伸肢展体健身操

（1）赤脚，两脚分开成弓箭步，两手扶墙，使臂、身、腿成一条直线，脚跟不离地，脚尖和膝盖向前。身体有节奏地向前下压，使距小腿（踝）关节与地面夹角成50°～60°，数8拍后换腿做。

（2）立姿，抬起左腿，左手抱膝，右手抱距小腿（踝）关节，保持直立。两手有节奏地用力向内抱腿，使左腿膝关节与上体构成的夹角达60°～70°。数8拍后换腿做。

（3）俯卧，右手扶墙，屈左腿，同时左手用力将左脚跟拉贴臀部。注意大腿不可抬离地面。收缩腰腹肌使髋关节转动。数8拍后换腿做。

（4）两腿开立90°，两臂斜上举，脚尖朝前，数8拍后恢复立正姿势，反复做。

（5）坐姿，左腿屈膝置于右膝上，两手分别握住左膝和左脚踝。两手用力抬小腿，同时小腿用力下压，以使臀部肌肉绷紧。数8拍后换腿做。

（6）坐姿，两臂屈肘于背后，十指指向肩胛骨。用指尖触摸肩胛骨下缘，触摸次数量力而定。

（7）立姿，并脚屈体，两臂自然下垂。有节奏地屈体，指尖触地，8拍。

（8）俯卧，脚尖紧贴地面。两臂用力，使上体抬离地面，下肢保持不动。还原时胸部与地面应保持10～20厘米的距离，背部有痛感时终止练习。

（9）立姿，两脚分开约30厘米站立，两臂自然下垂。上体左侧屈，用左手指触摸左膝下缘。数8拍后换右侧做。注意做动作时上身不得后仰，臀部不要跟着躯干移动。

（10）坐姿，两腿分开不小于50厘米，两手置膝上。上体尽量左转，继而右转。注意不可改变骨盆和腿的姿势，为防止骨盆移动，两膝最好抵墙。

（11）两脚自然分开站立，身体重心移至脚跟，脚尖抬起。张开双臂保持平衡，同时重心前移，慢慢抬起脚跟。

（12）两腿开立，比肩稍宽，两臂上举，手指交叉握，掌心向上。交替向左、右做体侧屈运动。

（13）两腿前后分开成弓箭步站立，两臂上举，两手指交叉，掌心向上。有节奏地做压腿动作；同时两臂尽力后拉。数8拍后换腿做。

（14）站立屈体，两臂自然下垂，全身放松。以腰为轴来回做后仰前屈的反弹运动，前屈时手指触地，两腿并拢或开立均可。

（15）坐姿，两腿分开。上体前倾，两手摸脚尖，尽力维持此姿势。如果想动作轻些，可稍稍屈膝。

（16）仰卧，两臂头后伸直，与身体成直线，全身放松。有节奏地抬头看脚尖，身体不得离地。

说明：
　①全套操练习结束后，做10次深呼吸整理运动。②此操可促进机体代谢，改善关节灵活性，塑造健美体形。

男性在进行性行为时，腰、背、肘及手臂扮演着非常重要的角色，因为在男女交合动作中，这些肢体部位是主要力点。因此，男人想在性生活中得心应手地"发挥"，平日要注意上述肢体部位的保健和运动功能。想保持这些部位的运动功能灵活自如，闲来最好多做有助这些部位的针对性运动，以下的柔软运动，多做有助增进手臂及腰背支撑力，平日在床上或地上便可进行，男人想保持"实力"，最好每晚抽点时间做若干次数（次数多少视各人不同体质而定）。

男子强健操

（1）俯卧舒展

面部向地面并将身体尽量伸直躺下，双臂向前伸直，头部轻微抬起，双臂尽量向前伸展及双脚尽量向后伸展，每次伸展动作维持10～15秒钟，然后慢慢放松。

（2）猫姿伸展

顾名思义这套动作形如猫儿伸展般。首先，双臂向前伸展，手掌触地，然后将膝盖以上身体向后拉坐至臀部接触脚，双脚作跪状，双膝贴地，臀部贴脚，尽量舒展手臂、肘部和背部，舒展动作维持10～15秒钟，然后慢慢放松，再重复整个动作。

（3）曲背部俯卧撑

姿势近似普通俯卧撑，不同的是膝盖贴地。双臂稍向肘部以外支撑地面，然后双臂做弯曲伸直的俯卧撑动作。注意维持腰部成微弯，每次动作维持10秒钟，然后重复做一次，但切记要按自己的能力而为。

强精益肾操

（1）站直，上半身向前后弯曲10～20次。注意，膝盖不可弯曲。

（2）站直，使两手下垂，上半身向左右旋转20～30次，两手随着旋转的动作自然地甩向背部。

（3）站直，上半身先后向左右方弯曲，侧伸的手要沿着体侧抬高到腋下来帮助弯曲的运动，左右各弯曲16～20次。

（4）用力收缩肛门5秒钟，再放松，如此反复20次。

（5）张开双脚、挺胸、臀部稍向后撅，使力量集中于腰部和腹部，也可用直立的姿势吸气，吐气的同时，把两脚间的距离徐徐张大，重复5次以上。

（6）两脚并排仰卧在地板上，两手贴在体侧或两手伸直，不可接触地板，使身体先仰卧后坐直，开始做时也可利用两手从头部挥下的反作用力促使上身坐直。但手不可去抓物体或压在地板上，需做10～25次（即仰卧起坐）。

（7）身体在床上自然伸直，用手轻松地握着睾丸，随着年龄增长做的次数增加。

（8）腰部俯仰：俯卧在地板上，把头和并拢的双脚尽量抬高，然后突然放下，下颌抬起，后脚跟用力收缩，重复做10次。

夫妻强壮肌肉健身操简单易学，可以根据每个人的身体情况，每个动作反复做数个八拍。晨起做，可以舒筋活骨，提神醒脑；晚上睡前做，可以消除一天的疲劳，有助入眠。夫妻强壮肌肉健身操，不仅可以强身健体，而且有助于增进夫妻情感。

夫妻强壮肌肉操

（1）搭臂压肩

双脚分开，夫妻面对站立，双手互搭肩上，然后上体前屈，尽量往下压。可反复做数遍。

（2）侧翻压肩

双脚分开，夫妻面对站立，双手互搭臂上，然后一手臂下压，另一手臂尽量上举，反复左右侧翻。

（3）互拉转体

夫妻面对站立，双手互拉，然后出左脚，拉右臂，上身向右侧转; 再拉左臂, 伸右臂, 上身向左侧转。然后换右脚做动作同前, 方向相反。

（4）拉臂侧屈

夫妻并肩站立, 双手上下互拉, 内侧脚直立互抵, 外侧腿弯膝屈胯, 全身用力伸展外拉。反复做。然后互换位置反复做。

（5）妻子扩胸

妻子站在前面, 丈夫在后双手扶住妻子双臂, 然后妻子屈膝, 收腹, 含胸, 再直膝提踵, 伸腰, 挺胸夹背, 连贯起来反复做。这个动作是为妻子安排的, 可以锻炼其柔韧性, 增强身段的曲线美。

以上几个动作,
可以伸展全身肌肉,
防治腰背酸痛。

夫妻健腰美腿操

（1）弓步对推

夫妻面对，弓步站立，手掌相对，用力交替互推。反复做。换腿弓步站立，再用力互推。反复做。

（2）抬臂压肩

一人在前用力抬臂侧平举，另一人站在对面用力压臂，反复做。然后两人互换位置反复做。

（3）互拉蹲起

夫妻面对站立，交替蹲起，身体不要前倾，撅臀，要用腿的力量蹲起，妻子可提踵，反复做。

（4）弓步抬腿

夫妻面对站立，一人身体前倾，一条腿后抬，另一腿弓步站立。另一人身体后仰，一条腿前抬，另一腿弓步站立，然后两人互换动作，反复做，再换腿反复做。

（5）仰卧蹬踏

两人脚掌相对仰卧，两人用力互蹬。一人正蹬，另一人反蹬，反复做。然后互换动作反复做。

(6) 分腿压腰

　　两人分腿对坐，丈夫脚顶住妻子小腿，然后两人分别用双手摸左右足尖部。反复做。

(7) 分腿压腰

　　分腿对坐，丈夫脚顶住妻子小腿，然后两人左右手互拉往前伸，另一手往后上方伸，上身尽量往下压，然后换手互拉，做相反方向动作。反复做。

(8) 蹬腿划船

　　两腿交叉对做，两手互拉。一人屈腿后仰，另一人两腿伸直，屈腹前伸。然后互换动作反复做。

以上几个动作，可以伸展腰背和腿部的肌肉。

夫妻健美腹肌操

（1）仰卧起坐

　　妻子小腿压在丈夫小腿上，侧位相坐，一人两手扶颈后，后仰，另一人两臂向前伸直，然后两人互换动作反复做。

（2）仰卧举腿

　　一人分腿站立，一人平仰卧，两手扶住另一人小腿部，然后两腿用力抬起，但臀部不要抬起。另一人双手用力把对方抬起的腿推回。然后两人互换动作反复做。

（3）俯卧挺身

　　一人俯卧，另一人坐在对方小腿上，双手互拉，然后尽量把俯卧者拉起，再缓慢放下。然后两人互换动作反复做。

（4）靠背拉肩

　　两人背靠背坐，两腿伸直，双臂互挽，一人上身往后压，另一人则往前倾。再互换动作反复做。

以上几组动作，可增强腹背肌的力量，对矫正习惯性驼背，防治慢性腰肌劳损，都能起到很好的体疗作用。

这套床上保健操除具有显著的减肥效果外，还可对高血压、糖尿病、哮喘、耳鸣、眩晕、失眠、过敏性皮炎、便秘、腰痛、坐骨神经痛、足痛等有一定防治作用。

床上保健操

第一节：

　　① 仰卧于床上，不用枕头。双脚分开，与肩同宽。
② 左脚向左侧斜上方高举后放下，然后换右脚向右侧斜上方高举后放下，各操练 7 次。

第二节：

　　① 仰卧于床上，不用枕头。双脚分开，与肩同宽。
② 右脚向左侧斜上方高举后放下，然后换左脚向右侧斜上方高举，各操练 7 次。

第三节：

　　① 仰卧，双手抱住右脚大腿，尽量靠近胸部。
② 然后上半身向上抬起，变为坐式。反复 10～20 次。

2

儿童保健操

最好是在孩子睡觉之前给他做操，这样宝宝可能会睡得更香。宝宝吃饱了之后不要过多运动，在两顿餐之间，也可活动一下。

婴儿操不同于婴儿抚触。婴儿抚触是局部的皮肤抚摸、按摩。它需要手有一定的力度，进行全身皮肤的抚摸。新生儿被动操，是全身运动，包括骨骼和肌肉。抚摸可以在孩子刚出生时做，而婴儿被动操是在婴儿出生10天左右才开始做。室内温度最好控制在21~22℃之间。月子里每节操做6~8次。1天1次，甚至可以2天做1次。

新生儿快乐体操

（1）上肢运动

把孩子平放在床上，妈妈的两只手握着宝宝的两只小手，伸展他的上肢，上、下、左、右。

（2）下肢运动

妈妈的两只手握着宝宝的两只小腿，往上弯，使他的膝关节弯曲，然后拉着他的小脚往上提一提，伸直。

（3）胸部运动

妈妈把右手放在宝宝的腰下边，把他的腰部托起来，手向上轻轻抬一下，宝宝的胸部就会跟着动一下。

（4）腰部运动

把宝宝的左腿抬起来，放在右腿上，让宝宝扭一扭，腰部就会跟着运动，然后再把右腿放在左腿上，做同样的运动。

（5）颈部运动

使宝宝正趴下，孩子就会抬起头来。这样颈部就可以得到锻炼。

（6）臀部运动

使宝宝趴下，妈妈用手抬孩子的小脚丫，小屁股就会随着一动一动的。

给宝宝做操时不要有大幅度的动作，一定要轻柔。

婴幼儿全身活动操

(1)扩胸运动

婴儿仰卧，带操者两手轻轻握住婴儿的腕部，将其上肢放于体侧。① 将婴儿的两上肢由体侧向胸前运动并左右交叉。② 上肢由胸前向外伸展，与肩平齐，肘关节伸直；③ 同①。④ 还原成预备姿势。⑤~⑧同①~④，做2个八拍。

(2)肩部运动

预备动作同第一节。① 将婴儿两上肢由体侧上举，与床面成直角；② 继续上举至头上方，手腕部接触床面；③ 上肢由头上方落下平肩；④ 还原。⑤~⑧同①~④，做2个八拍。

(3)肘部运动

预备动作同第一节。① 前臂屈曲至肘关节成直角；② 继续屈曲到最大限度；③ 同①；④ 还原。⑤~⑧同①~④，做2个三拍。

(4)髋部屈曲运动

婴儿仰卧，带操者两手握住婴儿的膝部，使下肢伸直。① 将婴儿下肢抬起，使髋关节成直角；② 继续将下肢向上半身运动；③ 下肢回到直角；④ 还原。

⑤～⑧同①～④，做2个八拍。

（5）膝部运动

婴儿仰卧，带操者两手握住小腿下段。① 将婴儿小腿抬起，使膝关节屈曲；② 左手将婴儿右腿轻轻拉直，同时右手继续将左腿向腹部推送；③ 同②，但方向相反；④ 还原。⑤～⑧同①～④，做2个八拍。

（6）翻身运动

婴儿仰卧，带操者站在婴儿体侧。带操者一手托住婴儿外侧的肩部，另一只手托住婴儿外侧髋部，将婴儿由外向内轻轻翻个身，使婴儿两手放在胸前，抬头。保持片刻后，再将婴儿由内侧向外侧轻轻翻个身，反复2次。

（7）坐起运动

婴儿仰卧，带操者让婴儿握住自己的示指，拇指握住婴儿四指。带操者两手同时用力，将婴儿缓慢地由卧位拉至坐位。持续片刻后，再缓慢地还原到卧位，反复2次。

（8）抬头胸运动

婴儿俯卧，两手放于胸前，抬头。带操者两手握其肘部轻轻抬起婴儿两前臂，使其上半身悬空，抬头，挺胸。保持这种姿势片刻后，再轻轻还原，反复4次。

（9）转髋运动

婴儿仰卧，带操者两手握住其踝部。① 屈曲膝关节，并使下肢稍微分开；② 两手将小腿轻轻由内向外旋转；③ 再由外向内旋转；④ 还原。⑤~⑧同①~④，做 2 个八拍。

（10）后抬腿运动

婴儿俯卧，抬头，两手放于胸前。带操者两手握住婴儿膝后部，将其下肢轻轻抬起，使腹部离开床面。持续片刻后再轻轻放下，反复 4 次。

（11）前弯腰运动

带操者将婴儿抱在自己胸前，一只手放在其膝部，另一只手放在其胸部。放在胸部之手稍稍放松，使婴儿上半身随之向前弯曲，两手接触床面。持续片刻后再将上身扶起，反复 4 次。

（12）跳跃运动

带操者两只手分别放在婴儿的两侧腋下。将婴儿有节奏地上下跳动。每跳动 1 次为 1 拍，做 2 个八拍。

杠杆操适用于1岁至1岁半的幼儿，在父母的协助下进行体育锻炼。可选用韧性较好的木棍、竹棍和塑料棍，质地宜平滑光润，粗细以幼儿能握牢为宜。

幼儿杠杆操

第一节：

    ① 两手侧平举。② 还原。③～④ 反复。

第二节：

    ① 两手侧平举。② 左手向左上方、右手向右下方成倾斜状。③ 两手侧平举，还原。

第三节：

    ① 两手侧平举。② 右手向右上方、左手向左下

方成倾斜状。③ 两手侧平举。④ 还原。

第四节：

① 两手侧平举。② 两手向上举。③ 两手侧平举，还原。

第五节：

① 两手侧平举。② 下蹲。③～④ 反复。

第六节：

① 两手侧平举。② 两脚原地跳两跳。③ 两手还原，前后摆动。④ 两手侧平举，两脚原地跳两跳。

第七节：

① 两手慢慢向前平举，同时向前快走3步。② 两手慢慢还原，同时快步向后退3步。

第八节：

原地踏步。

爬行操适合6～10个月的婴儿。做这套操的目的，是锻炼孩子肩、臂、背、胸、腿的肌肉，有利于日后练习行走。

婴幼儿爬行操

（1）让孩子躺着，然后举起他的双臂画半圆放下，做的次数跟孩子的月龄相同。

（2）让孩子躺着，然后按着他的脚在床上滑动8次。

（3）握着孩子的手，使他坐立，并提起一次。

（4）让孩子躺着双手按着膝盖，直举双腿与躯干成90°。

（5）让孩子着膝爬行。

（6）让孩子俯卧，大人提起他的双腿，使其背部后弯，做2～3次。

7～12个月婴儿主被动体操

(1)伸展运动(2×8拍)

　　家长双手握住孩子手腕，拇指放在孩子手心里，让孩子握住。孩子两臂置于体侧。1拍拉孩子两臂至胸前平举，拳心相对；2拍轻拉孩子两臂斜上举，手背贴床；3拍同1拍动作；4拍还原为预备姿势；5、6、7、8拍同1、2、3、4拍的动作。

(2)扩胸运动(2×8拍)

　　家长双手握住孩子手腕，拇指放在孩子手心里，让孩子握住。孩子两臂置于体侧。1拍拉孩子两臂至胸前平举，拳心相对；2拍轻拉孩子两臂斜上举，手背贴床；3拍同1拍动作；4拍还原为预备姿势；5、6、7、8拍同1、2、3、4拍的动作。

(3)肩部运动(2×8拍)

　　家长双手握住孩子手腕，拇指放在孩子手心里，让孩子握住。孩子两臂置于体侧。1、2拍轻拉左臂至胸前，沿左耳际向外绕环一圈，然后臂部贴床回到体侧；3、4拍轻拉孩子右臂至胸前，沿右耳际向外绕环一圈，然后臂部贴床回到体侧；5、6、7、8拍同1、2、3、4拍的动作，但向内绕环。上臂绕环时，应以肩关节为轴，动作要轻柔。

（4）单屈腿运动（2×8拍）

孩子仰卧，两腿伸直，家长两手握住孩子脚腕。1拍将孩子左腿屈至腹部；2拍还原成预备姿势；3拍将孩子右腿屈至腹部；4拍还原成预备姿势；5、6、7、8拍同1、2、3、4拍的动作。

（5）体后屈的动作（2×8拍）

孩子仰卧，两腿伸直，家长握住孩子膝部，拇指在下，其余四指在上。

（6）起坐运动（2×8拍）

家长双手握住孩子手腕，拇指放在孩子手心里，让孩子握住。然后将孩子两臂拉至胸前。1拍家长轻拉孩子两臂，使孩子从仰卧坐起；2拍还原成预备姿势；3拍同1拍的动作；4拍还原成预备姿势；5、6、7、8拍同1、2、3、4拍的动作。也可根据孩子的情况，从仰卧坐起后，使其站起，然后再还原成坐姿和卧姿。孩子由坐姿成卧姿时，家长要用手垫着其头后部。

（7）体前屈运动（2×8拍）

孩子面朝前站立在母亲前面，家长一手扶孩子膝盖，另一手扶孩子腹部。在孩子前边放一玩具，诱导孩子以体前屈去拾取。1、2拍家长稍帮助，让孩子身体前屈，拾取床上的玩具；3、4拍还原成预备姿势；

5、6、7、8拍同1、2、3、4拍的动作。家长诱导孩子体前屈拾取玩具时,尽量让孩子主动用力去弯身和直身。

（8）跳玩运动（2×8拍）

家长扶孩子两腋下,面对面站立。家长扶孩子两腋下,稍给一点辅助,让孩子主动上下跳动,每次可跳5～6次,可反复跳2～3遍。

（9）整理运动（2×8拍）

家长双手轻轻抖动孩子的两臂和两腿,或让孩子仰卧在床上自由活动片刻,使其全身肌肉放松。

做操时,家长动作要轻柔,态度和蔼,可引孩子说笑,交流感情;做操时,家长要洗净手,指甲要经常修剪,免得划破孩子的皮肤。3～4个月的孩子可先学第一套的前四节,随月份的增长,逐渐学到第八节;饭后1小时做操为好。做操时,孩子尽量少穿衣服。冬季室温应保持在28℃为宜。做操时,如能配上轻松愉快的音乐效果会更好。

除了利用自然因素如空气、日光、水对小儿进行各种锻炼之外，大人可在家中引导小儿做简便易行的体操来锻炼身体。幼儿辅助操就是适合于12～18个月的小儿做的体操。此年龄阶段小儿自控能力仍较差，走路还不稳，还应在成人的辅助下，做各种主动动作，活动全身关节韧带，锻炼全身肌肉，重点培养小儿行走、蹲下、倒退走、跳跃等动作以及平衡协调和自我控制的能力。

1～1.5岁幼儿辅助体操

（1）准备运动

使全身肌肉放松，适应机体活动需要，避免外伤。成人坐在小凳上，面对小儿，成人双手轻握小儿双手，使小儿两臂自然下垂。① 使小儿左臂向前，右臂向后。② 使小儿左臂向后，右臂向前。

（2）伸展运动

活动肩关节及上肢、胸部肌肉。成人坐在小凳上，面对小儿，成人双手轻握小儿双手，使小儿两臂自然下垂。① 带领小儿双臂侧平举。② 带领小儿双臂上举。③ 还原到侧平举。④ 还原到预备。

（3）体侧运动

活动肩关节、脊椎和腰部肌肉、韧带。成人坐在小凳上，面对小儿，成人双手轻握小儿双手，使小儿两臂自然下垂。① 带领小儿双臂侧平举。② 使小儿左手上举，同时上体向右屈，右手自然下垂。③ 两手侧平举。④ 还原至预备（第2个四拍方向相反）。

（4）下蹲动作

活动膝关节，加强腿部及腹部肌肉力量，训练小儿蹲下、站起。成人坐在小凳上，面对小儿，成人双手轻握小儿双手，使小儿两臂自然下垂。① 使小儿双臂侧斜举。② 带领小儿下蹲。③ 起立。④ 还原。**配合语言：蹲下去，站起来。**

（5）划船运动

活动肘、肩关节，胸及背部肌肉，锻炼平衡能力。成人坐在小凳上，面对小儿，成人双手轻握小儿双手，使小儿两臂自然下垂。① 一、二、三、四带领小儿向前划。② 二、二、三、四带领小儿向后划。**配合语言：划船了，向前划，向后划。**

（6）前进后退运动

活动腿部肌肉，训练小儿向前走、后退走及自我控制能力。成人立位弯腰，双手轻握小儿双手，使两臂向前伸平。① 一、二、三、四向前走。② 二、二、三、四向前走。③ 三、二、三、四向后退。④ 四、二、三、四向后退。**配合语言：一、二、三、四，二、二、三、四向前走。三、二、三、四，四、二、三、四向后退。**

（7）跳跃运动

训练腿部力量，为双足并跳做准备。成人立位、弯腰、双手托住小儿两侧腋下。将小儿轻轻托起后放下。**配合语言：跳一跳，长高了。**

（8）放松运动

使小儿由紧张状态恢复到安静时的水平。① 使小儿左臂向前，右臂向后。② 使小儿左臂向后，右臂向前。**配合语言：一、二、三、四摆摆手，二、二、三、四放放松。**

这个年龄段的儿童模仿性强，好学好动，对各种运动、儿歌和锻炼有浓厚的兴趣，模仿操就是根据这个年龄儿童的特点来设计的，适合于1.5~2岁的幼儿。主要是配合简单的儿歌让幼儿模仿做一些动作，如一些日常生活动作及跑、跳、平衡、弯腰等动作，具有强烈的运动性和趣味性。模仿操比较容易掌握，在家中可以由成人编儿歌和动作让孩子做，在托儿所可利用晨间锻炼配合儿歌和音乐，还可组织小体育课，采用活动性、运动方式如跑步、投掷沙包、滚球、立定跳远等。幼儿模仿操不但可训练幼儿的各种动作，培养幼儿的独立生活能力，同时还可发展幼儿的想像力、思维能力和语言能力。

1.5~2岁
幼儿模仿操

（1）小闹钟

放松全身肌肉，为全身活动做准备，发展小孩的想像力和语言能力。模仿钟摆轻轻摇晃身体。配合语言：随着摆的节奏，嘴里喊"滴"、"答"。

（2）洗脸

活动腕、肘、肩关节、上肢肌肉，逐步培养幼儿的生活和语言能力。① 一、二、三、四右手伸开，五指并拢，在脸前上下洗4次。② 二、二、三、四右手按顺时针转动4次。③ 三、二、三、四左手伸开，五指并拢，在脸前上下洗4次。④ 四、二、三、四左手伸开，五指并拢，左手按顺时针转动4次。**配合语言：洗洗脸，洗洗脸。**

（3）刷牙

活动肩、肘、腕关节及上肢肌肉，培养幼儿刷牙的意识，为2岁半后正确掌握刷牙方法做准备。① 一、二、三、四右手握拳，伸出示指，在嘴前方由上向下4次。② 二、二、三、四右手握拳，伸出示指，在嘴前方由下向上4次。③ 三、二、三、四左手握拳，伸出示指，在嘴前方由上向下4次。④ 四、二、三、四左手握拳，伸出示指，在嘴前方由下向上4次。**配合语言：刷刷牙，刷刷牙。**

（4）拉手风琴

活动胸部肌肉，发展幼儿想像、思维和语言能力。两手握拳，两臂屈曲放于体侧，两手由胸前向体侧展开，每个音符展开1次。**配合语言：一、二、三、四、五、六、七、八。**

（5）小鸭走路

活动膝、髋关节、下肢肌肉，发展想像、思维和语言能力。小儿两手放背后、抬头、腰微弯。① 一、

二、三、四向前走。② 二、二、三、四向前走。③ 三、二、三、四向后退。④ 四、二、三、四向后退。配合语言：小鸭走，嘎—嘎—嘎。

（6）小鸟飞

活动全身各部位肌肉，训练幼儿动作的协调性及平衡能力，发展幼儿想像、思维、语言能力。两臂侧平举，上下摆动，向前跑。

（7）小白兔跳

训练幼儿腿部力量，全身动作的协调性、平衡功能及发展幼儿想像、思维、语言能力。两手张开，掌心向前，放在头两侧做耳朵，双脚做跳的动作。配合语言：小白兔，跳一跳。

（8）小闹钟

放松全身肌肉，使机体由紧张状态恢复到安静时水平。模仿钟摆轻轻摇晃身体。

这个年龄段的孩子动作发育日趋完善，但动作的协调性还不是很好，为了活动全身的肌肉和关节，训练动作的协调性，我们设计了一套幼儿摇铃操。幼儿摇铃操适合于2岁以上的孩子。孩子双手各拿1个摇铃，做操时随着手的摆动摇铃发出悦耳的响声，很有趣味性。

2~2.5岁幼儿摇铃操

（1）准备运动

随着悦耳的铃声使全身肌肉放松，以适应全身活动的需要。原地踏步，两手前后自然摆动。

（2）上肢运动

活动肩关节、上肢及肩部肌肉，促进动作的协调性。两脚分开与肩同宽，两臂自然下垂。① 两臂侧平举。② 头上击掌。③ 同①。④ 还原。

（3）伸展运动

活动肩关节、颈部、上肢、胸部肌肉，训练动作的协调性及语言能力。直立。① 左臂前上举，右臂后举，同时抬头挺胸。② 右臂前上举，左臂后举，同时抬头挺胸。③ 同①。④ 同②。

（4）扩胸运动

活动腰部肌肉。两脚分开，与肩同宽。① 两臂前平举，拳心相对。② 两臂向两侧后振，拳心向前。③ 同①。④ 还原。

（5）转体运动

活动腰部肌肉，训练平衡功能和语言能力。两脚分开，与肩同宽。第一个四拍：① 两臂侧平举，拳心向前。② 右转体同时左手移向右手击铃。③ 同①。④ 还原。第二个四拍方向相反。

（6）下蹲运动

活动膝关节、髋关节、下肢肌肉，训练腿部力量和平衡功能。直立。① 两手侧平举。② 下蹲。③ 站起。④ 还原。

（7）跳跃运动

加强腿部力量，训练幼儿跳跃及全身动作的协调性。直立。① 两臂上举，拳心相对同时双脚跳一下。② 两臂向下还原。③ 同①。④ 同②。

（8）放松运动

放松全身肌肉，使肌肉从紧张状态恢复到安静时水平。原地踏步，两手自然摆动。

2～3岁幼儿站立操

（1）上肢运动

立正。① 两脚自然分开与肩同宽，同时两臂侧平举。② 手举屈肘，手指触肩。③ 两臂上举。④ 还原成立正姿势。

（2）转体运动

两脚自然分开与肩同宽，两手叉在两侧腰间。① 左手经前向后打开成斜后上举（掌心朝上），同时身体向左转体90°。② 还原成准备姿势。③～④ 同①～②，方向相反。

（3）俯背运动

立正。① 两脚自然分开与肩同宽，两臂侧平举，掌心朝上。② 身体向前屈，双手接触膝关节。③ 同①。④ 还原成立正姿势。

（4）全身运动

立正。① 两脚自然分开同时两臂上举。② 两腿屈膝全蹲，同时双手抱膝关节。③ 同①。④ 还原成立正姿势。

（5）跳跃运动

立正。①～② 双脚并起原地向上跳2次。③～④ 两臂侧平举向上跳2次。

以上每节均作4个四拍。

通过对身体不同部位拍击，培养幼儿的节奏感，提高做操兴趣。击拍时动作要自然。做体转和体侧运动时，脚不能移动和离地。

3～4岁
小儿节奏操

（1）拍手运动

　　自然站立。① 两手在胸前击掌1次。② 还原成自然站立。③～④ 同①～②，重复3次。

（2）下蹲运动

　　两手叉腰，自然站立。① 两腿屈膝半蹲，两手击臀部两侧1次。② 还原成预备姿势。③～④ 同①～

②，重复 3 次。

（3）举腿运动

两手叉腰，自然站立。① 左腿屈膝前提，左手击左大腿上部 1 次。② 还原成预备姿势。③～④ 同①～②，方向相反。⑤～⑧ 同①～④。

（4）体侧运动

两手叉腰，自然站立。①上体向左侧屈，左手击左大腿侧部 1 次，眼看左手。②还原成预备姿势。③～④同①～②，方向相反。⑤～⑧ 同①～④。

（5）体转运动

两手叉腰，自然站立。① 上体左转约60°～90°，右手击左肩 1 次，眼看右手。② 还原成预备姿势。③～④ 同①～②，方向相反。⑤～⑧ 同①～④。

（6）腹背运动

两手叉腰，自然站立。① 上体前屈，两手击两膝 1 次，眼看手。② 还原成预备姿势。③～⑧ 同①～②，重复 3 次。

（7）跳跃运动

两手叉腰，自然站立。①～④ 上跳 4 次，同时两手击大腿两侧 4 次。⑤ 屈膝半蹲，两臂自然下垂。⑥ 还原成自然站立，两臂下垂。⑦～⑧ 同⑤～⑥。

这套操是幼儿午睡起床后做的,有利于幼儿醒脑,活动有关肌肉群。这套操不分左右,第三节转身运动可以利用墙上的贴画来提示幼儿转身方向,以便动作统一。

3～4岁
小儿床上操

(1)伸臂运动

　　仰卧在床上。第一个八拍动作: ①～② 两臂前平举,掌心相对。③～④ 两臂上举,与体平直,掌心相对。⑤～⑥ 同①～②。⑦～⑧ 还原成预备姿势。第二个八拍同第一个八拍。

(2)提膝运动

　　仰卧在床上。第一个八拍动作: ① 一腿屈膝前提,大腿近身。② 还原成预备姿势。③～④ 同①～

②，换另一腿做。⑤～⑧ 同①～④，两腿同时做。第二个八拍同第一个八拍。

（3）转身运动

仰卧在床上。第一个八拍动作：①～② 两手撑地，帮助上体向一侧转90°。③～④ 还原成预备姿势。⑤～⑥ 同①～②，方向相反。⑦～⑧ 同③～④。第二个八拍同第一个八拍。

（4）颈部运动

上体直起，两腿伸直坐在床上，两手撑地。第一个八拍动作：① 头前屈。② 还原成预备姿势。③ 头后屈。④ 同②。⑤ 头向右侧转 90°。⑥ 同②。⑦～⑧ 同⑤～⑥，方向相反。第二个八拍同第一个八拍。

（5）手脚关节运动

上体直起，两腿伸直坐在床上，两手撑地。第一个八拍动作：①～④ 两臂前平举，掌心向下，手腕向下压4次。⑤～⑧ 两手扶膝，脚踝向下压4次。第二个八拍同第一个八拍。

（6）腹背运动

上体直起，两腿伸直坐在床上，两手撑地。第一个八拍动作：①～② 两臂放体侧，上体后倒成仰卧。③～④ 两手撑地，上体起立。⑤～⑥ 上体前屈低头，两手摸脚背。⑦～⑧ 同③～④。第二个八拍同第一个八拍。

在3～4岁幼儿拍手操基础上适当增加一定难度，运用不同方向、不同部位增加击掌次数，提高锻炼效果。做操时击掌部位要准确，初学时节奏可放慢。

4～5岁
小儿拍手操

（1）上肢运动

直立。第一个八拍动作：① 两臂前平举击掌1次。② 两臂侧平举。③ 同①。④ 还原成预备姿势。⑤～⑧同①～④。第二个八拍同第一个八拍。

（2）下蹲运动

直立。第一个八拍动作：① 两腿半蹲，两臂在左肩前击掌1次，头颈自然向左屈。②两腿直立，两臂屈肘交叉在胸前。③同①。④还原成预备姿势。⑤～⑧同①～④，方向相反。第二个八拍同第一个八拍。

（3）体转运动

直立。第一个八拍动作：①左脚侧出一步，上体左转90°，同时两臂屈肘，两手在胸前击掌1次。②上体转90°，两手叉腰。③同①。④还原成预备姿势。⑤～⑧同①～④，方向相反。第二个八拍同第一个八拍。

（4）踢腿运动

直立。第一个八拍动作：①左腿屈膝上提，两手在左腿下击掌1次。②还原成预备姿势。③～④同①～②。⑤～⑧同①～④，换右腿做。第二个八拍同第一个八拍。

（5）腹背运动

直立。第一个八拍动作：①两臂前平举击掌1次。②两手叉腰。③上体前屈，同时两手在膝前击掌1次。④还原成预备姿势。⑤～⑧同①～④。第二个八拍同第一个八拍。

（6）跳跃运动

直立。第一个八拍动作：①～④两脚上跳4次，两臂屈肘在胸前击掌4次。⑤～⑧两手叉腰踮脚4次。第二个八拍同第一个八拍。

> 基本部位操是以
> 徒手操的基本部位为
> 主编排的，让幼儿从小
> 养成正确的身体姿势，
> 以利于正常的生长发
> 育。每一节动作力求到
> 位，部位准确。

4~5岁
小儿全身操

（1）叉腰运动

　　直立。第一个八拍动作：①～③ 左脚侧出一步，两手叉腰。④ 还原成预备姿势。⑤～⑧ 同①～④，方向相反。第二个八拍同第一个八拍。

（2）肩侧屈运动

　　直立。第一个八拍动作：① 两臂胸前屈肘，五指并拢触肩，肘关节下垂。② 还原成预备姿势。③ 两臂肩侧屈，五指并拢触肩，肘关节下垂。④ 还原成预备姿势。⑤～⑧ 同①～④。第二个八拍同第一个八拍。

（3）上肢运动

直立。第一个八拍动作：① 两臂前平举，掌心向下。② 两臂上举，掌心向前。③ 两臂侧平举，掌心向下。④ 还原成预备姿势。⑤～⑧ 同①～④。第二个八拍同第一个八拍。

（4）点地运动

直立，两手叉腰。第一个八拍动作：① 左脚尖向前点地。② 左脚尖向左侧点地。③ 左脚尖向后点地。④ 还原成预备姿势。⑤～⑧ 同①～④，换右脚做。第二个八拍同第一个八拍。

（5）伸展运动

直立。第一个八拍动作：①～③ 左脚尖左侧点地，两臂侧上举，掌心向前，抬头挺胸。④ 还原成预备姿势。⑤～⑧ 两脚踮起4次，两臂侧下举，掌心向后。第二个八拍同第一个八拍，换右脚做。

（6）造型运动

直立。第一个八拍动作：①～③ 左臂胸前平屈，半握拳，右臂侧下举，半握拳，上体左转45°，左肩对左前方，眼看左前方。④ 还原成预备姿势。⑤～⑧ 同

①～④，方向相反。第二个八拍动作：①～③ 右脚尖后点地，左臂斜上举，右臂斜下举，掌心向下，眼看左前上方。④ 还原成预备姿势。⑤～⑧ 同①～④，方向相反。

（7）弓步运动

直立。第一个八拍动作：①～② 左脚侧出一大步，同时两手叉腰。③～④ 上体左转90°成左弓步。⑤～⑥ 同①～②。⑦～⑧ 还原成预备姿势。第二个八拍同第一个八拍，换右脚做。

（8）下蹲运动

直立。第一个八拍动作：①～④ 两手叉腰，两腿屈膝半蹲2次。⑤～⑧ 两手叉腰，两脚踮起4次。第二个八拍同第一个八拍。

（9）体侧运动

直立。第一个八拍动作：①～③ 左脚尖侧点地，上体左侧屈，右臂侧上举，左臂侧下举，掌心向下，眼看右手。④ 还原成预备姿势。⑤～⑧ 同①～④，方向相反。第二个八拍同第一个八拍。

（10）体转运动

直立。第一个八拍动作：①～③ 左脚侧出一步，两手抚后脑，上体左转90°。④ 两臂经前还原成预备姿势。⑤～⑧ 同①～④，方向相反。第二个八拍同第一个八拍。

（11）腹背运动

直立。第一个八拍动作：①～④ 左脚侧出一步，两臂侧平举，上体前屈。⑤～⑦ 两手叉腰，上体后仰，抬头挺胸。⑧ 还原成预备姿势。第二个八拍同第一个八拍，换右脚做。

（12）跳跃运动

直立，两手叉腰。第一个八拍动作：① 两脚跳成左右开立。② 两脚跳起并拢。③ 两脚跳成前后开立。④ 同②。⑤～⑧ 两脚并拢，上跳4次。第二个八拍同第一个八拍。

让幼儿模仿各种动物的动作，可达到锻炼身体和提高表现力的目的。模仿各种动物时要具体形象，动作逼真。做操时可让孩子学动物的叫声来增加做操的兴趣。

5~6岁
小儿模仿操

（1）伸展运动（大雁飞）

直立，第一个八拍动作：①～④ 两臂侧平举，"小波浪" 2次。⑤～⑥ 两脚跷起，两臂上举，手背相靠。⑦～⑧ 还原成预备姿势。

（2）肩关节运动（小鸭子）

两脚开立，半蹲，两臂伸直于体侧，掌心向下，手指向侧。第一个八拍动作：①～② 左肩上提 1 次，还原。③～④ 右肩上提 1 次，还原。⑤～⑧ 左手放嘴前，掌心向下，手指向前，右手放右臀下，掌心向后，手指向下，上下抖肩 4 次，手随肩动。第二个八拍同第一个八拍，最后一拍还原成立正。

(3)扩胸运动(小猫咪)

直立，第一个八拍动作：① 左脚向前走一步，左臂屈肘前伸，掌心向前，手指向上。② 右脚并上，左臂放下，右臂屈肘前伸，掌心向前，手指向上。③～④原地站立，两手五指张开相对在嘴前，同时向左、右两侧拉开，作猫胡须状 2 次，身体随手向左、右侧各屈 1 次。⑤～⑧ 同①～④，同时向左转 90°做。第二个八拍同第一个八拍，向左转180°，最后一拍面向正前方。

(4)提腿运动(小企鹅)

两脚稍开立，屈膝稍蹲，上体正直挺胸，两臂伸直放体侧后，掌心向下，手指向后。第一个八拍动作：①～④ 两脚先左后右踮起向前走4步，身体稍向左右两侧摆动。⑤～⑧ 原地蹲起2次，两臂向里夹肘2次。第二个八拍同第一个八拍，最后一拍还原成立正。

(5)体转运动(小熊猫)

直立，两臂在胸前屈肘、屈手腕，手指向下。第一个八拍动作：① 左脚向前走一步，两手腕抖动1次，上体稍向左摆。② 同①，换右腿走。③～④ 同①～

②。⑤ 原地站立，上体向左转45°，两手前后握拳在嘴前，同时两手捏一下，似吹喇叭，稍抬头。⑥ 同⑤，上体向右转45°。⑦～⑧ 同⑤～⑥。第二个八拍同第一个八拍，最后一拍还原成立正。

（6）体侧运动（小白兔）

自然站立，两臂侧屈，手在耳两侧，掌心向前，手指向上。第一个八拍动作：①～④ 两脚跷起4次。⑤～⑧ 左脚跟侧点地，上体向左侧屈2次。第二个八拍动作：①～④ 同第一个八拍①～④。⑤～⑧ 同第一个八拍⑤～⑧，换右脚跟侧点地，最后一拍还原成立正。

（7）腹背运动（小鸡走）

两臂侧下举，掌心相对，手指向后。第一个八拍动作：①～② 左脚向前走一步，同时上体前屈1次。③～④ 右脚并上，同时上体前屈1次。⑤～⑥ 两手示指伸直相并放嘴前，上体向左前屈，同时点头1次，似鸡吃米。⑦～⑧ 同⑤～⑥，上体向右前屈。第二个八拍同第一个八拍，最后一拍还原成立正。

（8）跳跃运动（黑猫警长）

上体稍前倾，两臂屈肘放胸前，似握摩托车车把。第一个八拍动作：①～⑥ 右脚跳点步6次。⑦～⑧ 左右脚并拢立正，上体正直，右手行敬礼。第二个八拍同第一个八拍。

3岁以上的幼儿，可做健美操，它能增强消化和呼吸功能，使孩子健康，而且还能使孩子体形健美。

3~6岁
小儿健美操

（1）挺胸运动

幼儿站立，两脚分开和肩同宽，两手叉腰。脚跟抬起，做深吸气，收腹挺胸，将脚跟放平，做深呼气，还原。共做10次。

（2）扩胸运动

幼儿站立，两脚分开和肩同宽，两臂自然下垂。

两臂向前抬起，同肩平行，两掌心相对，抬起脚跟，两臂左右分开，尽量往后，挺胸抬头。脚跟放平。两臂向前，再自然下垂。共做 10 次。

（3）前屈运动

幼儿站立，两脚分开和肩同宽，两臂自然下垂。两手向上方举起，头和上身尽量挺直后仰，上身再向前弯曲，膝关节绷直，两手向下摸地，还原。共做 10 次。

（4）拍胸运动

幼儿站立，两脚分开和肩同宽，两臂自然下垂。右手抬起，轻轻拍打左胸，再左手抬起，轻轻拍打右胸，两手轮流进行。连续做 10 次。

（5）坐起运动

幼儿仰卧，两手放在体侧。幼儿用手扶地，帮助身体坐起来，还原。共做 10 次。

（6）踢腿运动

幼儿站立，两手叉腰。先抬左腿向前踢，还原，再向左侧踢，还原；再抬右腿面前踢。还原，再向右侧踢，还原。两腿轮流做。各做 10 次。

（7）跳跃运动

幼儿站立，两手叉腰。幼儿跳起，落地时两脚分开，与肩同宽；再跳起，落地时两脚还原。连续做 10 次。

学生消除疲劳课间操

（1）转头法

保持听课学习姿势，两前臂平放于桌面，接着进行小幅度的旋转头部练习，连做数次。此操促进颈部血液流通，消除肌肉疲劳。

（2）旋肩法

基本姿势同上，两前臂自然放于桌面，向前后做肩关节的旋转练习。此动作可消除肩部肌肉疲劳。

（3）压指法

基本姿势同上，五指分开，指尖相对，然后用力向内压指，使掌心靠拢，连续做数次。可消除因长时间书写所引起的指腕肌肉疲劳，提高手指的灵活性。

（4）抓拳法

基本姿势同上，两手离开桌面，前臂平放，手腕稍上抬，然后做抓拳练习，连做数次。作用同上。

（5）旋转法

基本姿势同上，前臂离开桌面，以肘支撑，两手指交叉，做腕关节的上下屈伸或旋转，连做数次。能促进腕部血液循环，消除肌肉疲劳。

（6）伸肘法

基本姿势同上，两前臂离开桌面，以肘支撑，然后小臂向内、外活动，屈伸肘关节，连做数次。两臂自然下垂于体侧。可活动小臂，提高肘关节灵活性，消除其疲劳。

（7）转踝法

基本姿势同上，两脚平放在地面上，然后脚掌离地，脚趾朝上，连续做距小腿关节练习；再提起双脚，做旋踝练习。可提高距小腿关节灵活性，促进小腿血液循环。

（8）摆膝法

两脚平放在地面上，接着大腿稍抬起，使脚掌离地，以膝关节为轴，小腿不停地做前后摆动。可清除长时间成屈膝坐势所引起的小腿肌肉发麻。

（9）挺胸法

基本姿势同前；上体正直，收腹挺胸，两肩尽量后拉，使胸部前挺，连做数次。能克服长时间含胸曲脊姿势，有利于矫正驼背，消除肩背肌肉疲劳。

（10）收腹法

基本姿势同上，上体正直，配合深呼吸，连续做紧收腹部的练习。可改变长时间的弯腰压腹姿势，促进肠胃蠕动，消除腰腹肌肉疲劳。

儿童长高锻炼操

（1）站立，两脚分开同肩宽。两臂上举，双手手指交叉翻腕，手心向上，用力向上牵拉身体，同时提踵；然后两臂放下，十指在背后交叉相扣，脚跟着地，脚尖抬起。重复20～30次。

（2）站立，两脚分开与肩同宽，两臂侧平举，依次做腕关节、肘关节、肩关节的前绕环10～12次。两臂放下，放松，再按相同动作向相反方向做绕环练习10～12次。

（3）站立，两脚分开同肩宽。头向左、右两侧倾，不得耸肩。每侧重复10～12次。

（4）站立，两脚分开同肩宽。体前屈，手指、掌尽量触地。重复20次。

（5）站立，两脚分开同肩宽。身体后仰，尽量用手摸脚跟。重复20次。

（6）站立，右腿屈膝，右脚搭在左膝上，体前屈，手指尽可能触地。每腿重复10次。

（7）站立，双手背后握椅背下蹲，重复20次。

（8）站立，脚并拢，体前屈，额尽可能触膝。重复20次。

（9）坐地，一腿向前伸直，一腿屈膝后拉，呈劈叉状，上体前压，两手触地。重复20次。

（10）仰卧，两腿伸直，两臂平放体侧，两腿交替上举成直角。重复 10～20 次。

（11）俯卧位，两腿伸直，两臂贴体伸直，抬头、抬肩、抬腿，然后双手抱腿向上牵拉。重复 10～20 次。

（12）跪立，上体前倾，两臂支撑同肩宽；然后身体坐在脚跟上，两臂伸直触地，低头。重复 10～20 次。

（13）跪坐脚后跟，双手手指在胸前交叉相扣，然后上举翻腕，手心向上，用力上拉。重复 10～20 次。

（14）坐地，两腿向前伸直，上体前压，尽量用手摸脚趾，头触膝部。重复 10～20 次。

（15）仰卧，双手支撑腰部，慢慢向上举腿，尽力举过头部。重复 10～15 次。

说明：

此套操是增长身高的综合练习。每次练习前要做好准备活动，把肌肉、关节活动开，尤其是腰和髋部。

孕产妇保健操

对孕妇来说，并不是什么体操都可以随便做的。孕妇做的体操可以说是一种专门体操，它是根据孕妇的特殊生理特点而编排的，必须有利于胎儿发育和母亲分娩。

孕妇保健操

（1）盘腿坐，要求躯干自然放松，两手放在双膝上。通常人们在生活中较少采用这种坐姿，而这种姿势可以增强盆腔部肌肉力量，改善大腿肌肉的柔韧性。

（2）将两足底贴合的盘坐式，足跟尽量向身体靠拢，用双手按住膝盖轻轻下压，躯干须保持自然放松。

（3）坐姿，上体略前倾，两腿屈膝分开，双脚支撑于地面，脚尖朝外。

（4）仰卧姿势，双臂自然放于体侧，一侧大腿缓缓举起，要求脚背与膝盖伸直。腿举起时吸气，放下时呼气。两腿交替各做 5 次。

（5）仰卧姿势，两臂侧平举，右侧大腿抬至最高点时，将脚尖勾起并向外旋转，然后将腿缓缓放下；接着再将右腿按原路线举起，在最高点将脚尖转回原位并慢慢放下。呼吸方法是举腿时吸气，落腿时呼气。

（6）仰卧，双腿屈膝脚触地，双臂放于体侧，然后利用肩、背、足的支撑力量使臀部离地成反弓形。呼吸方法是腰部抬起时吸气，下落时呼气。

以上动作均可在床上做。每天早、晚各练1次，能收到良好的效果。

本操能够增强呼吸、心血管和神经系统功能；能够控制体重增加和产后腹部体积增大；能够减少精神紧张、静脉曲张和便秘等症状；能够改善睡眠，促使血压稳定、产程缩短，使分娩更加顺利；还能保持健美体形。孕妇禁止剧烈的身体接触性运动，主要是进行一些缓和的运动项目，每周可运动2～3次。每个动作可反复做6～15次。

孕妇健身操

（1）俯撑弓背

跪立、两臂前撑体，然后含胸低头、弓背，再挺胸抬头、塌腰。

（2）仰卧屈伸腿

仰卧，两腿伸直平放，然后，两腿屈膝，再两腿分开，两腿再并拢，最后两腿伸直还原。

（3）仰卧抬臂

仰卧，两腿屈膝，然后挺腹抬臂，稍停顿再还原。

（4）侧卧抬腿

右侧卧，两腿伸直，然后左腿上抬，再放下。练完后，再左侧卧，右腿上抬、放下。

（5）站立抬腿

手扶椅背站立，然后右腿向前抬起，还原后，再向右侧抬起，还原后，再向后抬起。右腿练完，再换左腿，向前、向侧、向后抬起。

（6）站立半蹲起

两腿宽于肩站立，然后，屈膝半蹲，两臂前平举，再直立，两臂从体侧后伸。

（7）站立腰侧屈

两脚分开宽于肩站立，两臂侧平举。然后腰左侧屈，右臂上抬，左臂体后下伸。再腰右侧屈，左臂上抬，右臂体后下伸。

（8）身体环绕

两腿分开站立，然后，身体向顺时针方向绕1周，再向逆时针方向环绕1周。

孕妇运动幅度略小，健身操适用于孕6月前的健康孕妇，应根据自身情况调节运动量。孕7~9月应以散步为主。

每天早晨起身后做，并且可以从怀孕以后，一直操练到分娩的前一天。最好在没有灰尘的房间里做，夏天可以在室外或阳台、晒台上做。衣服要尽量穿得轻便而适宜于运动，不能穿得太紧窄。做体操的时候应该赤脚，地上铺个垫子。

孕妇体操

（1）仰卧位，脚尖向上，用力尽量屈曲及伸展全部脚趾。用劲做3次。这样可以锻炼脚趾的肌肉，同时，预防这些肌肉发生抽筋。

（2）仰卧位，脚尖向上。采用踏缝衣机的动作，活动脚关节用力使脚上伸及下屈，用劲操练3次。这样做可以进一步锻炼脚部肌力、促进局部血液循环，并可防止下肢静脉曲张的发生。

（3）仰卧位，双腿仍然伸直，双腿轮流用力向下紧压垫子。臀部也随同使劲收缩压向对侧，用劲每侧做 3 次。

（4）仰卧位，双腿伸直。提起双腿向腹部弯曲，垂直向上伸出，然后让伸直并拢的双腿徐缓落下。这节体操能锻炼腹直肌，同时，亦能促进血液循环。

（5）仰卧位，这节体操是上节的倒动作。即将伸直的双腿徐徐举到垂直位置，然后，将双腿弯曲到腹部，以离地不到 20 厘米的高度凌空向下伸直，放下，共做 2 次。这节体操能有力地锻炼腹部前壁，有长期保持美好的体形而不致肥胖过度的作用。

（6）仰卧位，将伸直的双腿从离地 20 厘米的高度做跨腿和并腿的动作，这样可以锻炼腹斜肌。腹斜肌能够使逐渐增大的子宫保持直立、紧贴的位置。熟练这节体操以后，就用不着扎腹带了。

（7）仰卧位，曲起双腿，使脚跟尽量接近臀部，双膝并拢，使之完全放松而并拢的双膝倒向右侧、左侧。长期操练这节动作以后，将来分娩时就可以利用松弛的活动而避免子宫口的痉挛状态，使分娩过程因此而缩短。

（8）站在墙壁前做准备姿势，面部朝墙，脚及腹部接触墙壁，双臂向上伸直、贴墙。先将右臂离墙向后挥动，然后轮流挥动左臂。这个运动要做得快而有弹性，同时，背部挺直向后弯。熟练单臂的动作后，可以双臂一齐挥动，随着用力的增加，背部肌肉将更加有力。这节体操共做 3 次。单臂挥动每侧做 3 次，熟练后，加上双臂挥动 3 次。

（9）站在墙壁前做准备姿势，背靠墙壁。头、背、臀部及脚趾接触墙壁。双臂向上伸直，手背先轮流后同时紧压墙壁。轮流及同时用劲各作 3 次。这样，加强了背肌的锻炼。

（10）与墙壁稍离开些，仍然保持背向墙壁的准备姿势。挥动双臂，松弛而迅速地在身体前面画圈，使刚才因运动产生的背肌紧张得到满意的松弛。

上述各节体操应该随费力的程度来决定操练次数。每节体操之后，应当有一种已经劳动过和稍有些吃力的感觉。

本操需要准备一根
棍子作为辅助器械。

孕妇棍操

（1）双手握棍，两脚左右开立，呈站立式。吸气、低头、含胸收臀部，背成弓形，两臂前平举，膝微屈；呼气，手臂放下还原成站立式。重复10次，动作速度稍慢。作用是伸展背、腰及颈部。

（2）面对墙直立，两手撑墙，收臀部；两臂屈肘，使胸靠近墙，再用力推起。重复做5～10次。作用是运动胸和臂肌。

（3）两脚左右开立，膝关节放松，收臀，呈站立式。两臂头上举，两手相握，肘微屈，做前后振摆运动，速度适中。重复10～15次。作用是运动上臂肌。

（4）两脚左右开立，双膝向外展，躯干保持正直，两手扶棍。然后慢慢下蹲10厘米左右，再起立。重复动作15次。作用是运动腿、臀部。

（5）前臂与两膝着地，背直，呈俯卧跪地式。小腿后屈，举腿，膝不高过臀部，重复10次，再换腿做；然后伸直单腿，距小腿关节放松，向后举腿，脚不过臀部，重复10次，交换腿。作用是运动臀部。

（6）侧躺地上，用一手支撑头部，膝弯曲举腿，放下时碰另一腿，重复15～20次，再转身换腿做。作用是运动腰肌和腿部肌肉。

（7）背墙而立，两脚分开，屈双膝，背靠墙下滑15厘米，维持姿势10秒钟，再伸直，重复5次。作用是活动双腿。

（8）双手撑墙，两脚前后站立，前脚离墙40厘米左右，屈膝，后腿伸直，全脚掌着地，背直，维持姿势10秒钟，换另一腿。重复交换3次。作用是伸展腿部肌肉，达到放松目的。

本体操主要是为了增强孕妇腹部、背部及骨盆肌肉的张力，借以支托逐月长大的子宫，以保护胎儿的成长，并为维护身体的平衡而设计的。孕妇可以根据自己的情况酌情选做。

孕妇全身操

（1）盘腿坐式

平坐床上，两膝分开，两小腿一前一后平行交接。这样可以锻炼腹股沟的肌肉和关节韧带的张力，以防孕晚期由于子宫的压力而产生的痉挛。于怀孕3个月后开始做，每天做1次。

（2）盘坐时的运动

盘坐时双手平放在膝盖骨上，利用双臂力量帮助双腿上下运动。这种运动可以增加小腿肌肉的张力，避免腹股沟扭动与小腿抽搐。怀孕3个月后开始做，每天至少做1次，每次做5遍。

（3）足部运动

足部肌肉运动可以借脚趾的弯曲进行，如用脚趾夹小石头、小玩具或左右摆动双脚，都可以达到运动足部肌肉的目的。怀孕时因体重增加，往往使腿部和足弓处受到很大的压力。因此，应该随时注意足部的运动，以增强肌肉力量，维持身体平衡。

（4）腿部运动

站在地上，以手轻扶椅背，双腿交替作360°旋转。这种运动可以增强骨盆肌肉的力量和会阴部肌肉的弹性，以利分娩。每日早、晚各做5～6次，可从怀孕开始坚持到末期。

（5）腰部运动

双手扶椅背，在慢慢吸气的同时使身体的重心集中在双手上，脚尖立起，抬高身体，腰部挺直，使下腹部靠住椅背，然后慢慢呼气，手臂放松，脚还原。每日早、晚各做5～6次，可减少腰部酸痛，还可以增强腹肌力量和会阴部肌肉弹力，使分娩顺利。

（6）骨盆与背部摇摆运动

仰卧，双腿弯曲，腿平放在床上，利用脚和臂的力量轻轻抬高背部。可以减轻怀孕时腰酸背痛。怀孕

6个月后开始做，每日做5～6次。

（7）脊椎伸展运动

仰卧，双膝弯曲，双手抱住膝关节下缘，头向前伸贴近胸口，使脊柱、背部及臀部肌肉成弓形，然后再放松，每天练数次。这是减轻腰酸背痛的最好方法。怀孕4个月后开始做。

（8）腰背肌肉运动

双膝平跪床上，双臂沿肩部垂直支撑上身，利用背部与腹部的摆动活动腰背部肌肉。在怀孕6个月后开始做。

（9）肩胛部与肘关节的运动

盘腿而坐，肘部弯曲，手指扶在肩上，两上臂保持一条直线，然后将手指向外伸展，再放松肘关节。此项运动不但可以减轻背痛，而且能强壮胸部及乳房部肌肉。在怀孕的任何阶段都可以做。

（10）双腿高抬运动

仰卧床上，双腿高抬，脚抵住墙。此姿势可以伸展脊椎骨和臀部肌肉，并促进下肢血液循环。每日数次，每次3～5分钟。妊娠的任何阶段都可以做。

（11）下蹲运动和骨盆肌肉运动

双脚平行分开，距离45～60厘米，上身挺直慢慢下蹲。在孕晚期身体过重时，可斜靠在床上，做伸缩双腿的动作。这两种动作能使身体重心集中在骨盆的底部，可以加强骨盆肌肉的力量，借以保持身体的平衡，在怀孕期间做此项练习还有助于分娩。

（12）产道肌肉收缩运动

运动前先排空小便。姿势不拘，站、坐、卧皆可。利用腹肌的收缩，使尿道口和肛门处的肌肉向上提，以增强会阴部与阴道肌腱的弹性，有利于避免分娩时大小便失禁，减少分娩时的撕裂伤。怀孕的任何阶段都可练习。

（13）大腿肌肉伸展运动

仰卧，一腿伸直一腿稍曲，伸直的腿利用脚趾的收缩紧缩大腿、臀部和肛门的肌肉，然后放松。两腿交替练习，每天反复10次。利用大腿部肌肉的收缩，可减轻小腿和脚的疲劳、麻痹和抽筋。

在分娩前夕，女性身体变化较为显著，如腹部肌肉拉长松弛，骨盆底部肌肉结实，由于胎儿在身体中发育也直接影响孕妇的血液循环等系统。所以，这一时期要特别注意做孕妇保健操，不断增加体内的氧气含量，防止由于孕期体重增加和重心变化引起的肌肉疲劳和功能降低，并松弛腰部和骨盆肌肉，锻炼与分娩直接有关的关节和肌肉，为将来分娩时婴儿的顺利娩出打下基础。至于怀孕期间能做哪种操，哪些情况不能做操，需要征求医师的意见。所以，妊娠保健操应在医师的认可下进行。

孕妇肌力锻炼操

（1）脚部运动

通过踝关节和脚尖的活动来增强血液循环，并强健脚部肌肉。① 坐在椅子上，脚和地面垂直，双脚并拢，脚心平放。② 脚尖使劲上翘，待呼吸1次后，再恢复原状，以后再重复做。③ 将一条腿放在另一条腿上，上面腿的脚尖慢慢上下活动，然后再换另一条腿，动作同上。④ 每次活动3分钟左右。

（2）盘腿坐运动

通过伸展肌肉，可以松弛腰关节。① 盘腿而坐，精神集中，背部挺直，双手轻放膝盖上。② 每呼吸 1 次，手就压 1 次，重复进行。③ 按压时须用手腕向下按膝盖并一点点加力，让膝盖尽量接触床面。④ 每次各做 5 分钟左右。

（3）摆动骨盆运动

目的是加强骨盆关节和腰部肌肉的柔软。① 仰卧，双腿直立，双膝并拢。② 双肩紧靠床上，双膝带动大小腿向左右摆动，像用双膝在空中画半圆，动作要慢，要有节奏。③ 左脚伸直，右膝直立。④ 右腿膝盖慢慢向左侧倾倒。⑤ 待膝盖从左侧恢复原位后，再次向左倾倒，反复多次后，再换另一条腿做同样动作。⑥ 运动时间最好安排在早晚，各做 5～10 次。

（4）推动骨盆运动

目的是除了松弛骨盆和腰部关节外，可使产道出口肌肉柔软，强健下腹肌肉。

方法一：目的是除了松弛骨盆和腰部关节外，可使产道出口肌肉柔软，强健下腹肌肉。① 仰卧位，后背紧贴床面，双膝直立，脚心和手心平放床上。② 腹部向上突起呈弓形，默数十下左右，再恢复原位。③ 运动时间最好选在早晚，连续做 5～10 次。

方法二：① 呈趴下体位，头低着，后背呈圆形。② 抬头挺胸，使后背翘起。③ 上体向前方慢慢移动，翘起，并保持重心前移的姿势。每呼吸一次做一次，反复做。④ 运动时间最好安排在早晚，5～10 次为宜。

每一个产妇都希望自己产后能很快恢复怀孕前的窈窕身材，如何恢复体形呢？可以做做产后早期的康复体操。

产后早期的康复体操

身体平卧，头平直，胸部挺起。运动开始时先深吸一口气，运动时呼吸暂停，然后慢慢呼气。

（1）腹部运动

仰卧，两臂上举至头两侧与耳平行。深吸气时腹肌收缩，使腹壁下陷，内脏提向上方，然后慢慢呼气，两臂收回。

（2）加强臀部及腰背部肌肉的运动

仰卧，髋与膝稍屈，双脚平放，两臂放在身体两侧。深吸气时尽力抬起臀部，使背部离开床面，然后慢慢呼气并放下臀部，恢复原位。

（3）加强提肛肌的运动

仍仰卧，双膝屈曲，双膝分开，双脚平放，双臂放于身体两侧。用力将双腿向内合拢，同时收提肛门，然后将腿放开，放松肛门。

这些体操可促进腹壁及盆底肌肉的张力的恢复，可防止产后尿失禁，膀胱、直肠膨出及子宫脱垂等。

以上列举的是产后早期康复体操的几个简单动作，它不但有益于产妇的身体健康，对体形恢复也是大有好处的。

职业女性因固定的工作姿势容易罹患颈椎病、腰腿痛等。舒适和缺乏运动的生活方式使她们的身体容易发胖，失去了苗条动人的身材。一些产后女性也因为不懂得锻炼使体形变得臃肿。产后健美操可以有效地改善女性的健康状况，充分展示女性特有的风采。

产妇苗条操

（1）收紧腹肌运动

① 直立，屈膝，弯腰，躯干与地面平行，双手扶膝，脸朝前。② 吸气，呼气，同时收紧腹肌。屏住呼吸，收紧腹肌，直到需要呼吸时恢复舒张状态。重复3次为1组，做3～5组。

（2）蹬车运动

① 仰卧，双手放在臀下，头、肩稍离地。② 收紧腹肌，双腿轮流用力向下做蹬自行车状，重复12次

为 1 组，每次做 3～5 组。

（3）并腿挺伸运动

①仰卧，双手置臀下，头、肩稍离地。②双腿并拢，屈膝，小腿离地，稍停，然后双腿在不接触地面的情况下，用力向下挺伸，尽量伸直，重复 12 次为 1 组，每次做 3～5 组。

（4）躯干扭转运动

①仰卧，双手抱头，左腿伸直，稍离地面，右腿屈膝，向上提起，左肘触右膝，头转向右侧。②收缩腹肌，左腿屈膝，向上提起，与右腿并拢，然后右腿伸直，左腿仍保持屈膝姿势，扭转身体，向相反方向重复以上动作，12 次为 1 组，每次做 2～3 组。

（5）交替踢腿运动

①仰卧，双手置臀下，双腿向上抬起，脚掌指向屋顶，膝微屈，小腿交错。②收紧腹肌，缓慢放下两腿，保持背部平直，然后轻轻地交替上下踢腿，头和肩膀抬离地面，眼视腹部，上述动作进行 5 分钟为 1 组，每次做 1～2 组。

（6）下颌抬起运动

①仰卧，双手抱头，背部紧贴地面，膝稍屈，脚跟着地。②收紧腹肌，尽量将下颌抵住胸部，然后抬起，再抵住胸部，再抬起，重复 20 次为 1 组，每次做

1～2组。

（7）下颌侧抬运动

　　① 仰卧，双手抱头，头、肩略微抬起，双脚并拢屈膝，扭向右侧。② 面朝屋顶，下颌抵住胸部，收紧腹肌，然后抬起，再抵住胸部，再抬起，身体扭向左侧，重复以上动作，双侧各做20次为1组，每次做1～2组。

（8）举腿抬下颌运动

　　① 仰卧，两腿并拢抬起，双脚指向屋顶，头部稍离地面。② 举腿的同时抬下颌，收紧腹肌，下颌抵住胸部。头部还原，然后再抬起，再抵住胸部，操练时宜屏住呼吸，重复20次为1组，每次做1～2组。

妇女产后通过适当的运动，能增强腹壁，使子宫肌肉复旧；促使子宫收缩及恶露排出；可预防腹直肌裂开及性器官下垂；加速全身血液循环，预防产后淤血及血栓形成；促使乳汁分泌，有助于保持窈窕的身材。一般来说，正常分娩的产妇可于产后24小时按这套体操进行锻炼，每次可根据自身情况选做1～2种或全做。若为难产、剖宫产者则需根据不同情况推迟及减少锻炼的时间与强度。

产妇健美操

（1）平躺在床上，两腿轮流举起，让腿和身体垂直后慢慢放下，可多做几次。

（2）平躺在床上，两腿伸直，两臂和手伸直并贴近身体，然后挺胸，收腹，提臀。每日早晚做2次，每次连续做10遍，可逐渐增加。

（3）躺在床上，在臀部下垫上厚垫，两腿同时上举，脚尖绷直，与上身成垂直状，然后还原；可反复做几次。

（4）两手背后，上身前倾，使肩部保持水平，注意背部要与地面成平行，然后还原，做时力求慢、稳。

（5）平躺在床上，两臂上举同时吸气收腹，脚尖绷直，然后两臂还原，腹肌放松。每天坚持做两回，每回连续做3～4次。

（6）仰卧屈膝，臀部上举，稍停后逐渐还原。每天做两回，每回连续做3～4次。

（7）趴在床上，两腿并拢，然后慢慢屈膝，使脚跟接近臀部，同时深呼吸，反复数次。

（8）俯卧在床上，两小腿同时后屈，足跟尽量靠近臀部。每天坚持做，可防止子宫倒向后方或子宫颈后倾。

（9）平躺在床上，两手抱头，再慢慢坐起，再躺下，反复做，开始时做的次数不必太多，以后慢慢增加。

（10）身体俯卧床上，两臂前伸，大腿与床垂直，胸部贴近床（注意不要压迫乳房）。每天可做2次，每次15～20分钟。

产后第2天
开始做的保健操

（1）产后第2天

① 仰卧，两臂放躯干旁，两臂侧上举，吸气；手掌在头上方并拢，肘部弯曲，沿躯干放下，呼气。② 准备姿势同上，两膝弯曲，使脚跟靠近臀部，吸气；两腿伸直，呼气。③ 仰卧，屈膝，脚跟紧靠臀部，两手放在头下，以足掌和肩部作支点，使骨盆抬起，吸气；使骨盆放下，呼气。吸气时提举肛门，呼气时则放松肛门（即呈"半桥形"）。

（2）产后第3天

① 与产后第2天练习相同。② 仰卧，两臂放在躯干旁，两膝弯曲并使其靠向胸部，呼气，两腿伸直放在床上，吸气。③ 做"半桥形"练习。④ 仰卧，两臂放在躯干旁，右侧卧，左膝弯曲，并尽力使其紧贴胸部（呼气），左腿伸直，但不要放到床上，吸气。转向对侧，做同样动作。⑤ 重复第一项动作。

（3）产后第4天

① 与产后第二天练习相同。② 仰卧，两臂放在躯干旁，两膝弯曲使其靠向胸部，呼气；两腿上举成45°再放下，吸气。③ 做"半桥形"练习。④ 仰卧

位，两臂放在躯干旁，用肘支撑坐起，呼气。注意：
动作开始时头先举起，随着背部弯曲。用肘支撑卧下，
吸气。⑤ 俯卧，两臂放在躯干旁，慢慢弯曲两膝，吸
气；两腿伸直，呼气。⑥ 重复第一项练习。

（4）产后第5天

① 与产后第2天练习相同。② 仰卧，两臂放
在躯干旁，两膝弯曲并使其靠向胸部，呼气；两腿
上举成45°，再放下，吸气。③ 做"半桥形"练习。
④ 仰卧位，两手叉腰，不用肘部支撑坐起，体前倾同
时两手触到脚趾，呼气；缓慢躺下，吸气。⑤ 仰卧，
转右侧卧，左腿弯曲，使膝靠近胸部，伸直左腿但不
放到床上，重复4~6次。接着转为俯卧位，两膝弯曲
后慢慢伸直，重复4~6次，再转为左侧卧，右腿做同
样动作，重复4~6次。最后恢复到仰卧位。⑥ 重复
第一项练习。

（5）产后第6天

① 与产后第2天练习相同。② 仰卧位，两臂放
在躯干旁，两腿伸直上举成45°，吸气；两腿慢慢放
到床上，呼气。③ 做"半桥形"练习。④ 仰卧，缓
慢坐起，手放各种位置：触肩、头后、胸前交叉，
体前屈同时两手触及脚趾，吸气；慢慢躺下，呼
气。⑤ 仰卧，两臂放躯干旁，两膝弯曲举起，模仿骑
自行车动作，运动量因人而异。⑥ 练习内容同产后第
5天练习。⑦ 重复第一项练习。

（6）产后第7天

动作可与产后第6天练习相同，但重复次数增多。

说明：

①全部练习均以慢速度进行，每节练习配合有节律的深呼吸4～10次，并根据产妇的全身状态、年龄及在练习时对练习的反应来决定，不可出现闭气现象。②分娩时动过手术、会阴破裂需用丝线缝合的产妇，体温在37.5℃以上以及有周身疾病（肾脏病、肝脏病、结核病活动期、心血管系统疾病并有代偿功能失调等）的产妇，在产褥期禁止做此操。③这套保健操可以使产妇血液循环活跃、改善呼吸功能，促进腹肌、骨盆肌的恢复。

产后第 10 天
开始做的保健操

(1)深吸气运动

仰卧，两臂直放于身旁，先深吸气，腹壁下陷，然后呼气，做4个八拍。

(2)缩肛运动

仰卧，两臂直放于身旁，交替做肛门的收缩与放松运动。做4个八拍。

(3)伸腿动作

仰卧，两臂直放于身旁，双腿轮流上举和双腿并举，与身体保持直角。做4个八拍。

(4)腰背运动

仰卧，髋和腿略放松，分开稍屈，尽力抬高臀部及背部，使之离开床面。做4个八拍。

(5)仰卧起坐

仰卧，两手叉腰坐起，两腿伸直。做4个八拍。

（6）腰部

跪姿，两膝分开，肩肘成垂直。双手平放在床面，腰部做左右旋转动作，做4个八拍。

（7）全身运动

跪姿，双臂支撑床面，左右腿交换向背后高举。做4个八拍。

产后保健操的伸腿和仰卧起坐动作可以增强腹肌张力；缩肛动作能锻炼盆底肌和筋膜，改善阴道松弛状况；胸膝卧位可以预防或纠正子宫后倾。上述动作一般每日做3次，每次做5～15分钟，运动量可逐渐加大。

满月后的健美操

（1）屈膝仰卧，两膝外展，两脚心相对，抬起臀部，再缓慢放下，吸气举臀（离床）收缩骨盆盆底肌。呼气，放松，还原成屈膝仰卧。每日做2次，每次做8～10下。

（2）手撑地跪立，吸气，腰部脊柱向上拱起。同时收腹，骨盆盆底肌收缩。呼气，腰部和脊柱下降。反复做，每日做2次，每次做6～8下。

（3）仰卧，两臂侧平举，两腿伸直，左腿在右腿上交叉向右侧举，大腿内旋。左右交替做，每日做1次，每次做8下。

（4）跪坐脚跟上，两臂后展吸气，同时收缩臀肌及骨盆盆底肌至跪立。每日做1次，每次做8下。

（5）分腿站立，上体前曲，腰部向左、向后、向右绕环一周，再向右、后、左绕环。每日做1次，每次做8～10下。

（6）手扶桌，一腿站立，另一腿向前踢，还原；向侧踢，还原；向后踢，还原。每日做1次，每次做8下。

说明：

①50天后，可增做原地连续并腿小跳、前足掌落地的动作，以增强膝韧带弹性。开始跳时跳的次数不必太多，以后逐渐增加跳的次数，再逐渐过渡到轻微的跳绳。②不可操之过急，循序渐进坚持3～4个月，可恢复体形。平时不锻炼者坚持半年可见效。③做此操时，平时应注意站、坐、行的姿势正确。

产妇形体恢复操

（1）拔草式

　　双膝保持弯曲，双臂向下、向前伸，模仿拔草动作。然后快速将两臂拉回，双肘在背后弯曲，双拳攥紧，好像在吃力地拔草。适用于恢复胸部健美。

（2）跪地举腿

　　两腿跪下，两手撑地在前。弯曲一条腿，将其向前拉，然后将该腿尽量往后上方踢。有收紧臀部和腰部肌肉的作用。

（3）拧腰

　　盘膝坐地，用腰带动左右反复扭转。先吸气，后转腰。有改变上身曲线、使腰身苗条的作用。

（4）站立举腿

　　一手叉腰，一手扶椅，上体正直。一条腿上举，注意大腿发力，膝盖要直；举到最高位时，慢慢往下放腿，同时收紧腹部。有消除腹部脂肪、使身段变得均匀的作用。

（5）仰卧骑车式

　　仰卧，两手抱头，一腿伸直，另一腿弯曲，拉向胸前，依次曲伸，似骑车状。有腹部健美的作用。

本套操的特点是易学易做。坚持做2个月，在促进身体复原的同时，还能增强腹部肌肉和盆底支持组织的力量，恢复体态的健美，而且有助于预防子宫及生殖道位置不正、松弛、脱垂等妇科疾病。全操共12节，分两个阶段进行。第一阶段，从产后第二天开始至第二周，按顺序做1~7节。第二阶段，从第三周开始可做后5节

12节产妇保健操

（1）呼吸运动

　　帮助产妇稳定情绪。正常分娩后，产妇应抓紧时间休息，24小时后可开始做胸式和腹式深呼吸，每天做2次。胸式深呼吸运动做法：仰卧，两手轻轻放在胸部，深吸气后稍加停顿，再呼出，重复5遍。腹式深呼吸运动做法：两手轻轻放在中腹部，慢慢吸气至腹部稍鼓起，然后再把气呼出。重复5遍。深呼吸时双手随之起伏。

（2）上肢运动

产后妇女往往感到上肢疲劳，手发麻发胀。这节操可促进上肢的血液循环，有助于缓解手和上肢的不适感。产后第 2 天起，每天做 2 次。做法：仰卧，两臂平伸于体侧，握拳，掌心向下。然后两臂上举合掌，再将两臂在胸前交叉合抱互相揉捏。重复 5 遍。

（3）下肢运动

可解除脚和腿的疲劳，为以后腹部的锻炼做好准备。产后第 3 天起，每天做 2 次。做法：仰卧，两腿伸直。先把两脚踇趾向中央互相接触；再将两脚轮流勾伸；然后两腿轮流弯曲；最后两脚交替用脚跟在另一只脚背上轻敲 3 下。重复 4 遍。

（4）俯卧运动

产后第 3 天起，采用俯卧的姿势，能促进子宫复原，恢复到前倾位置。每天做 2 次。做法：把枕头垫在上腹部，两手互叠垫在颌下，两腿伸直，俯卧 5 ～ 10 分钟。

（5）提肛运动

这是需要引起产妇重视的一节操。可以锻炼提肛肌，增加阴道肌肉和会阴的紧张度，防止生殖器官松弛、脱垂，并有助于日后性生活的美满。产后第 4 天起，每天做 2 次（注意：做了会阴侧切手术或会阴裂伤的产妇，要等伤口愈合以后再做）。做法：仰卧，屈膝，腿脚并拢，手放体侧；然后提肛，即收缩肛门，并且尽可能保持几秒钟，再放松。重复4遍。

（6）腹部运动

妇女产后往往腹部松弛，容易形成俗话说的"大肚囊子"，要想恢复腹直肌的紧张度，使腹部平坦，就应从产后第5天起，每天做2次腹部运动。做法：仰卧，并腿屈膝然后起身，两臂前伸，掌心向下，两手轻触双膝，并坚持2～3秒钟，再还原。重复4遍。

（7）盆底运动

使松弛的盆底肌得到加强，防止子宫位置不正。产后第3周起，每天做2次。做法：仰卧，两手放在脑后，并腿屈膝。接着将腰、臀同时抬起挺直，并收缩会阴，然后还原。重复4遍。第二阶段：产后4～10周，做8～12节。开始时只做8、9、10三节，从第8周起加第11、12两节。

（8）上身运动

锻炼腰、腹肌肉，增强腹肌、膈肌的收缩力。每天做2次。做法：直立，两脚分开与肩同宽，双手叉腰。先将上身分别向左、右侧屈，不要低头；再向左、右转体，注意脚跟不要抬起；之后两臂上举，掌心向前，再将上身前屈，然后还原。整个动作重复4遍。

（9）四肢运动

锻炼腰、四肢和胸大肌，增强躯干与四肢的协调性。每天做2次。做法：直立，两脚略微分开。先把两臂平伸于体侧，掌心向下；接着两臂上举，掌心向前，同时收腹，抬起脚后跟，将全身提高；然后下蹲，两臂自然放在体侧，注意腰部要挺直。重复4遍。

（10）趾立运动

有助于体态的健美，并培养正确的姿势。每天做数次。做法：双手轻轻按住椅背，挺胸收腹，两脚交替以足前部站立，坚持2~3分钟。

（11）下肢运动

锻炼盆底组织，增强盆腔韧带的张力，促进下肢血液循环和增强肌肉的收缩力。每天1次。做法：仰卧，两臂平伸于体侧。先分别将单腿弯曲后，向上伸直；再倒向对侧，使骨盆扭动；之后将双腿弯曲、抬起，向左、右扭动，注意两边肩膀不要抬起；然后双手叉腰，两腿上举，像蹬自行车那样进行蹬腿，持续半分钟。整个动作重复4遍。

（12）仰卧起坐

加强腹部肌肉的锻炼，使腹部平坦、健美。每天做1次。做法：仰卧，手指交叉放在脑后；然后坐起，上身尽力前倾，注意腿不要弯曲，连做4~5次，休息片刻后再练习。重复3~4遍。

4

中老年保健操

下面介绍一套中老年健身操，每节操可做2～6个八拍。也可以根据各人的体力情况反复做数遍。

中老年健身操

（1）下臂环绕

两臂下垂，两脚分开站立。①～⑧ 起落踵的同时，两臂从前向后环绕1周。

（2）前后振肩

两手背在腰后，两脚分开站立。①～④ 双肩向后振4次。⑤～⑧ 双肩向前振4次。

（3）肩带环绕

两臂下垂，两脚分开站立。①～④ 双肩提起向后环绕 2 周。⑤～⑧ 双肩提起向前环绕 2 周。

（4）臂下伸

两臂下垂，两脚分开站立。① 右肩下降，右臂下伸，左肩上提，髋向右摆。② 同①，方向相反。

（5）臂伸举

两臂下垂，两脚分开站立。① 两臂侧平举，髋向右摆。② 两臂上举，髋向左摆。③ 屈臂胸前交叉，髋向右摆。④ 两臂下伸，髋向左摆。

（6）臂上举

两手放在肩前，十指张开，掌心向外，两脚分开站立。① 左臂上举，髋向右摆。② 右臂上举，髋向左摆。

（7）侧屈伸臂

屈肘握拳垂腕于肩侧，两脚分开站立。① 两臂侧推出，十指张开，向上伸腕。② 用力握拳。③ 用力屈腕。④ 还原。

（8）屈臂摆髋

两脚分开站立，两臂下垂握拳。① 右臂屈，左臂下伸，髋向右摆。② 左臂屈，动作同①，方向相反。

（9）屈腿伸臂

两臂下垂，握拳，两脚分开站立。① 两腿屈，右足尖放在左足弓处，同时两肘屈于胸侧。② 两腿分开直立，前臂向后伸直。③~④ 动作同①~②，方向相反。

（10）夹胸摆髋

两臂下垂，两脚分开站立。① 两臂体前交叉，髋向左摆。② 两臂外展，髋向右摆。

（11）侧步伸臂

两臂下垂，两脚分开站立。① 两腿屈，左足尖放右足弓处，同时屈臂于胸侧，十指张开。② 左腿侧伸直，右腿直立，同时两臂前伸。③~④ 同①~②。⑤~⑧ 换右腿侧伸直，动作同①~④。

（12）伸臂扩胸

两臂下垂，握拳，两脚分开站立。① 两腿屈，两臂后伸，同时挺胸伸腰。② 两腿直立，两臂前平举。③ 上体右转，两臂扩胸。④ 同②。⑤ 同①。⑥ 同②。⑦ 同③，方向相反。⑧ 同②。

（13）臂腰侧伸

两臂侧平举，两脚分开站立。①~② 腰向左侧伸，髋向右顶2次。③~④ 同①~②，方向相反。

（14）屈腰举臂

屈臂握拳于肩前，两脚分开站立。① 腰左侧屈，两臂上举，右腿放在左腿后。② 还原。③ 同①，方向相反。④ 还原。

（15）转身推掌

屈臂握拳于肩前，两脚分开站立。① 上体左转，两臂前后推出，伸腕，十指张开。② 还原。③ 同①，方向相反。④ 还原。

（16）弓步压腿

左腿前弓步，提踵，右腿后伸直，两手交叉上举，然后反复压腿伸腰。再换右腿前弓步，反复做上述动作。

（17）高抬腿

两臂下垂，握拳，直立。① 屈臂侧腰，左腿屈，右腿高抬，屈小腿。② 还原。③ 换左腿高抬做动作同①。④ 还原。

（18）侧步外展

两臂下垂直立。① 右腿侧前伸，足尖点地，两臂侧上举。② 屈膝，右足尖点地于左足弓处，两臂体前交叉。③ 同①。④ 还原。⑤～⑧ 换左腿侧前伸，做动作同①～④。

健美操除了一般体操对肌肉关节的锻炼作用外，还有一种保持形体美的特殊作用。中老年健美操则是针对中老年人颈肩退行性变，胸腹部脂肪堆积，髋腰部活动不灵等编创的。本套健美操具有促进全身血液循环，消除内脏、神经及肌肉的松弛状态，提高内脏功能的作用；还有锻炼腰腹肌，去除腰腹部脂肪，提高腰腿部肌肉的弹性和韧度，使身段苗条起来，以及消除颈部疲劳、降低血压、清醒头脑、消除神经紧张等作用。

中老年健美操

第一套(蜂腰形体操)

① 仰卧，身体伸直，手足并拢，挺胸收腹，手脚用力伸展，然后全身放松，双臂绕摆放回体侧。反复做5～10次。② 两腿并拢上举至垂直部位伸直，脚尖绷紧。然后慢慢屈膝至小腿与上体平行，脚尖绷紧。膝部慢慢伸直腿放下，反复做5～10次。③ 坐姿，屈膝，脚平放，双肘后屈似打哈欠状，然后双臂向侧后伸展，挺胸收腹。双臂伸直，上体最大限度前屈紧贴腿部，双手握两脚尖，反复做5～10次。

第二套("三围"健美操)

①直立,全身放松,踮起脚尖,手臂上举,身体尽量向上伸展。下蹲,双手抱膝,低头,尽量团身,反复做5～10次。②起立,双脚分开,上体前屈,双手握住两脚脚踝。屈肘,头部缓缓下垂至两腿间,保持5秒钟。再伸直肘部,反复做5～10次。③分腿站立,身体后仰侧弯,用左手触摸左小腿,加大身体弯曲度,左手努力伸至脚后跟。然后换右手做,反复做5～10次。④站立,下蹲,一手扶凳,另一手侧平举,右腿抬起前平举,左脚踮起,大小腿重叠。起立,左脚支撑,右腿伸直抬起30°左右,右臂侧平举,左臂下垂保持平衡,不少于5秒钟。两腿交替做5次。⑤坐在床上,双手后撑,两腿并拢,脚尖绷直,上抬30°,在空中做绕大圆圈动作,然后放下稍休息,顺时针和逆时针各绕动5次,然后双腿抬高至60°,用脚尖在空中写字,从1写到5或10,也可写姓名或其他。⑥跪坐,双手前平举,保持身体平衡,向右横坐,再向左横坐,左右各坐5次。

第三套(轻松休闲操)

①坐姿,两腿并拢,屈膝,脚平放,双手后撑,头后仰,向左向右转动脖子5次,然后头前低,左右转动5次,前后转动5次。②上身坐直,右手用力捶拍左肩10次,左手用力捶拍右肩10次,各重复5次。③坐姿,双手捶拍双腿双脚,再慢慢拍打身上感觉疲劳的部位10次。再缓缓用力捶拍腰部10次,重复5次。

④ 平卧，双手后伸，脚尖指尖用力伸直，伸展 5 次。

⑤ 仰卧，双手按压腹部丹田 (即脐部)，做深呼吸。吸气时隆腹提肛，呼气时收腹松肛，重复 5 次。

注意事项：

① 做健美操时，最好有抒情轻松的乐曲伴奏。② 做操时出现头晕、心慌等不适应反应，应停止操练。③ 有严重心肺脑疾患者及年老体弱者不宜做健美操。

目前，许多老年人离退休在家，由于舒适的生活方式，使得他们的总的运动量较上班时大大地减少，很多老年人感到腰酸背痛、四肢乏力、腰粗腹大、皮肤松弛，关节失去灵活性，甚至肿胀，走路变得困难；过去能轻松自如地蹲下、弯腰，现在也感到吃力了……，习惯于安逸，衰老将至。可以毫不夸张地说，现在许多离退休老年人正经历着"肌肉饥饿"的危险时期。"肌肉饥饿"是直接危害现代老年人健身长寿的祸患之一。为了消除离退休后的安逸生活给老年人的肌肉带来的"饥饿"病，最好的"处方"就是进行健美锻炼。

肌力饱满健身操

（1）两手支撑在墙上、窗台或椅子上做立卧撑，每组 15～20 次，做 3 组。

（2）背靠墙站立，两臂下垂，两手掌压墙，最大用力时间持续 6 秒钟，重复 4～6 次。

（3）两足并立，与肩同宽，全身直立，两手持 2 千克重的哑铃上提至肩部，然后两臂交替用力将哑铃向上举。每组 10～15 次，做 4 组。

（4）仰卧在一长矮凳上，两足踏地上，两手握 4 千克重的哑铃做仰卧推举，也可两臂交替推举。每组

10～15次，做3组。

（5）两脚开立，双手持4千克重的哑铃下垂于身体两侧，全身直立，然后向左右两侧交替做上体屈伸。每组15～20次，做5组。

（6）仰卧在床上、地上或长凳上，两手置于身体两侧按地，两腿伸直并拢，然后上身不动，两腿往上举起，达到和上体成90°角即可，每组10～15次，做4组。

（7）两足开立，与肩同宽，两腿伸直，挺胸紧腰，双手正握3千克重的哑铃下垂体前，上体前屈弓身，两臂随体下垂，稍停。然后腰背肌用力，挺身拉起至上身完全伸直，再慢慢放下哑铃还原重做。每组10次，共做3组。

（8）两脚开立，挺胸紧腰，屈膝半蹲，双手掌心向上持2千克重的哑铃，屈肘置哑铃于腰侧，然后单臂由屈到伸向前推哑铃，同时转腕掌心朝下，至臂完全伸直，两臂交替屈伸推哑铃。每组10次，共做3组。

（9）两足开立，双手持4千克重的哑铃置于肩上。两腿屈膝下蹲至大腿接近水平位稍停，再伸膝蹲起还原。每组10次，共做3组。

（10）两脚开立，两手肩上对握3千克重的哑铃，然后两臂一同用力上举，举到一半高度时，屈膝下蹲，以后边举边蹲，直到两臂伸直为止。每组19次，共做3组。

舒筋活络防老操

（1）臂绕环

两腿分开至肩宽，双臂屈肘手触肩，做向后、向上、向前做臂绕环 10～15 次，换方向做 10～15 次；然后手臂伸直做向后绕环 10～15 次，向前绕环 10～15 次。

（2）腰绕环

两腿分开至肩宽，双手叉腰，腰部和髋关节缓缓地向左、向后、向右、向前绕环旋转 15～20 次，换方向旋转 15～20 次。

（3）膝绕环

屈膝半蹲，两手按膝盖上，膝部缓慢按顺时针、逆时针，各旋转 15～20 次。

（4）弓步冲拳

两脚分开至肩宽，屈膝半蹲，两手握拳至腰部，上体左转成左弓步，两臂向前冲拳，还原再换方向做，左右冲拳各 15～20 次。

（5）左右仆腿

立正，两手握拳至体侧，左脚向左前擦地伸出，右腿下蹲成左仆步，左手变掌伸至左脚跟；起立，左腿直立，右腿屈膝提起，左手上举，掌心向上，再换右脚擦地伸出做右仆步，反复做 8～12 次。

（6）摇橹

左腿向左前方跨成左弓步，两臂举起微握拳，拳心向前向上、向前向下做摇橹动作，同时俯身呼气，摇至左膝两侧时，上体后仰并吸气，连做 15～20 次，再换右弓步做 15～20 次。

（7）蹲起开合

立正，两臂缓慢上提至前平举，两手靠拢、掌心向上，继续上提至侧上举，再慢慢向下，同时两腿慢慢下蹲至全蹲；然后两臂再缓慢上提，同时起身，如此反复 15～20 次。

（8）踩蹬运动

立位，两手指斜十字形交叉环抱于胸前，左腿独立，右腿屈膝提起，并向右前下方蹬出，双手分开，右掌向右前、左掌向左后伸出，收回，再换方向做。左右交替做 15～20 次。

该体操动作幅度较大，无锻炼基础、体质差的老人不宜选用；另外，初练时动作宜缓慢些，不要强用力。

人老腿先老，多少老人为此而苦恼。因此，老人防老抗衰，应先从腿脚锻炼开始。

练腿脚防衰老操

（1）卧位运动趾与踝

仰卧床上，双下肢平伸，双足一起做屈趾、伸趾交替运动30次，五趾分离、并拢30次，然后屈膝、伸屈旋转踝关节30次，这是整套运动的准备动作。

（2）踮脚走路练屈肌

足跟提起用足尖走路，会感觉到足心和小腿后侧的屈肌群十分紧张，比一般行走对屈肌的锻炼要强得多。从经络角度看，有利于通畅三阴经。

(3)足跟走路练伸肌

把足尖跷起来，用足跟走路，这是练小腿前侧的伸肌，行百步，流通三阳经。

(4)侧方行走练平衡

先向右侧行 50 步，再向左侧行 50 步，主要是锻炼内收、外展肌群和日常向前行走时运动量较小的肌群，使前庭的平衡功能得以强化，有预防共济失调的作用。

(5)倒退行走益循环

倒退时，足尖先着地，重心向后移到足跟，有利于静脉血由末梢向近心方向回流。倒退时，改变了脑神经支配运动的定式，启用了不少平时不常运用的神经结构，强化了脑的功能活动。

中医认为，人的舌头与内脏有着密切的关系，舌体的各个部位都和腑脏各部位相对应。中医的"舌诊"，就是通过观察舌体各部分的变化，从而达到诊断相应内脏的病变情况。因此，如能经常运动舌头，可加强内脏各部位的功能，有助于食物的消化吸收，能强身健体，延缓衰老。

舌头保健操

（1）舌舔上腭

舌尖轻舔上腭，凝神静气，调和气息，3分钟后，口腔中的唾液腺分泌出许多唾液，当唾液充满全口后分3次咽下。① 用舌尖轻轻抵住上腭，再用舌尖在上硬腭处正反转圈各36次；② 用舌尖舔上腭，左右摆动36次。待口水增多时，分3次咽下。

（2）舌舔齿龈

① 用舌尖舔摩内侧齿龈，从左至右，由上至下，

紧贴上下牙龈转圈，正反各36圈。然后，再用舌尖舔摩上唇颊侧和下唇颊侧36圈，顺序同上；② 用舌尖舔摩内侧齿龈，左右摆动36次，再用舌尖舔摩上唇颊侧和下唇颊侧36次。待口水增多时，分3次咽下。

(3)伸舌运动

把口张大，舌尖向前尽量伸出，使舌根有拉伸感觉，当舌不能再伸长时，把舌缩回口中。这样一伸一缩，面部和口舌也随着一紧一松，共做36次。待口水增多时，分3次咽下。

练舌保健法每天早、中、晚各做1次，不但可以减少口腔疾病的发生，还能加强舌辨别味道的功能，延缓味蕾的衰老，同时还能起到锻炼面部肌肉的功效，使人容光焕发，青春长驻。

人一过40岁以后眼睛便开始老花，视近物渐感吃力，若常练习下面介绍的健眼护目操，可大大减缓眼睛老花进程，中老年人不妨一试。

健眼护目操

（1）闭目左右转眼法

双眼闭合，两眼球同时从左向右、由右向左转动50次。睁眼左右转眼法：双眼睁开，两眼球同时从左向右、由右向左转动50次。

拇指背擦眼法：双目闭合，两拇指第一节背部互相摩擦至微热，然后以此由内向外摩擦上眼皮，共100次。

旋转眼球法：眼睛睁大，两眼球按顺时针方向旋转25次，然后反方向旋转25次，做100次。

（2）叩击法

两手五指并拢，两手掌心分别贴紧双耳，五指朝后紧贴后脑枕部，示指指尖从中指第二节上滑下，叩击枕骨，发出"咚、咚、咚"的响声，状如敲鼓，共50次。此法不仅有健目作用，还能提高人的记忆力，预防神经衰弱、老年痴呆。

健眼护目操最好在室外进行，面对大自然，面对绿色，面对怡人的风景。此操通过运动眼肌，促进眼部的血液循环，增强眼球睫状肌调节功能，达到明目健眼之功效。

卧床保健操

（1）舔腭叩齿

先静心凝神，后用舌尖轻舔上腭，待津液增多再缓缓咽下。稍停片刻，将牙齿上下合齐，先叩磨齿，再叩门齿各 15 次。

（2）旋睛释耳

双眼珠顺时针旋转 10 次，向前方注视片刻，再逆时针旋转 10 次，运转完毕，双目紧闭，少时睁开。两手掌心紧掩双耳孔，十指托后脑勺，以示指弹敲中指，听到咯咯响声，共敲弹 10 次。

（3）引颈摩推

仰卧，十指交叉托住后脑，引颈缓慢伸向前下方，以下额抵近锁骨为度，连续进行 7 次。然后头部分别向左右两侧转动各 7 次；侧卧，将拇指和食指分开，沿腰椎两侧由上而下，左右推摩，来回 7～10 次。

（4）耸肩挺胸

两手握拳，双肩用力向上耸起，然后缓缓放下，连续进行 7 次。两手垂直，手掌向外，略向左右拉开，同时扩胸，以肩和胸部有舒展感为度，重复 7 次。

（5）按肚摩腹

仰卧，下肢略叉开。将左右手按腹部两侧，先以掌心顺向按摩 7 圈，再按上法逆向按摩 7 圈。最后两手相叠，沿脐四周按摩，手指渐渐展开，扩大按摩区范围，以舒适为宜。

下面介绍的这套中老年人减肥健身操，很适合血压较高而又是初次参加晨练活动的中老年肥胖者。全套操共14节，每节做10次左右。

减肥健身操

（1）仰卧，两臂伸直放在身体两侧，然后吸气，两臂经体前上举至头顶上方。呼气，放下还原。

（2）仰卧，两手臂伸直置于体侧，双腿屈伸，同时转动踝关节。

（3）仰卧，两臂弯曲，双手胸前合掌，两手五指并拢，张开时，尽力向外扩张。

（4）仰卧，两臂弯曲，放在胸前，两手握拳，腕关节做环绕动作。

（5）仰卧，两臂伸直上举。然后一腿屈膝抬起，两手抱膝，两腿交替做。

（6）两手俯撑，抬头，然后吸气，低头；呼气，抬头还原。

（7）仰卧，双臂前伸，收腹起坐。

（8）站立或坐椅子，两手半握拳放在肩部，做肩关节绕环。

（9）站立或坐椅子，两手叉腰，然后吸气，一手侧上举做体侧屈，呼气，放下还原。左右手交替做。

（10）站立，屈膝下蹲，起立。开始时可撑扶椅子，以后逐渐不再撑扶。

（11）站立，一手扶墙或桌面，另一手叉腰，然后一腿伸直用力做前、后摆动。两腿交换做。

（12）站立，吸气。两臂伸直上举，头后仰，然后呼气，上体前屈，两手尽量触地。

（13）高抬腿走路，大腿尽力靠近腹部。

（14）步行，同时两臂伸直交替用力做前后大幅度摆动。

以上动作可以在清晨起床后进行，每节操可独立练习，若这些动作连贯一起做效果更佳。

运动医学研究发现，人体的衰老首先从四肢开始。但研究也表明，经常活动全身各个关节有防止衰老的作用。

防老关节操

(1) 床上运动

①充分伸展四肢，即伸懒腰，然后移开被子、枕头。②仰卧。用力翘脚尖，抬头，目视脚尖，稍停，放松平卧。③仰卧。翘脚尖，抬头，眼看膝关节，同时，双手伸向膝关节，手按膝关节片刻后，放松平卧。

④仰卧。翘脚尖，抬头，手臂在体侧交替触摸膝关节，然后放松平卧。⑤仰卧。翘脚尖，抬头，用右手触摸左膝关节，然后再用左手触摸右膝关节，尔后放松平卧。⑥仰卧。翘脚尖，抬头，手掌和手臂紧贴床面，缓慢地抬高大腿，屈膝，尽量压向胸部。先右后左，交替进行，重复数次，然后放松平卧。⑦俯卧。屈臂抱肘，前额枕在手臂上，下肢紧贴床面，同时将头与手臂尽可能抬高，稍停，放松。

（2）床边运动

①坐在床边，双脚着地。手臂缓慢垂直上举。左右交替，重复数次。②坐在床边，双脚着地。双手于体侧支撑在床上，然后抬腿，用膝关节触摸前额，先右后左，交替进行，重复数次。③坐在床边，双脚着地。两臂屈肘置于体侧，然后用力轮流快速向上、下、左、右、前五个方向做拳击动作，目光随拳头移动。注意做动作时，背部要挺直。④坐在床边，双脚着地，前臂放在大腿上，头下垂，两眼注视腹部，全身放松，做腹式呼吸运动。

（3）床下运动

①床前站立，双脚稍分开，左手臂经鼻前斜上举，目光随指尖移动，稍停，放下。左右交替，重复数次。②床前站立，双脚稍分开。肩关节向后做绕环运动，然后再反方向做。注意，做绕环运动时，身体应保持直立。③床前站立，双脚稍分开，双臂分开，

以肩关节为轴，做旋转运动，幅度要大。④床前站立，双脚稍分开。轻摆双臂，做高抬腿运动，左右交替，重复数次。

上述晨练动作，老年人可根据自己的情况，调整运动速度和强度，也可以改变练习的顺序，即从床下到床上等等。在晨练过程中应注意：尽可能使每个关节的活动达到最大幅度，每做完一个动作，应充分放松片刻，再做下一个动作，晨练中应随时调整呼吸，以不感到疲劳为度。

这套晨练健身保健体操新颖简易，能起到舒筋活血、强身健体、延年益寿的功效。尤其适合中老年人。有兴趣的老年人不妨每天晨练一试。

简易健身操

（1）眼睛尽量往两边斜视，向左、右各做6次。可使双眼很快消除疲劳。

（2）直坐，双手置脑后，将手掌用力地压迫后脑勺数秒钟，可防止颈部过早出现皱纹。

（3）直坐，双手紧握椅子靠背，双肩尽可能地抬高（两肩切勿前倾）。

（4）双肘撑于桌面，手伸开成掌，掌心支撑下颏做深呼吸。头颈要挺直，掌心用力压迫下颏。

（5）背对桌子站立，用力抬桌子数次。常做这个动作能使肩部匀称健美，不倾斜。

（6）站在门槛上，用力推门框，可使手臂力量保持稳定。

（7）坐在桌边，随意取一样东西，用手紧紧握住。此法可使手臂和胸部肌肉变得结实，防止手臂乏力和肌肉松弛。

（8）坐在椅子上，屈膝抬双腿，然后将腿尽量伸直，再放下。此法可以加强腹肌力量，防止腹部脂肪堆积。

老年保健操

（1）头颈运动

两腿分开，自然站立，两手摩擦脸部，上下顺时针逆时针各摩擦 15～20 次；两手叉腰，左右转头，眼朝天各看 8 次。

（2）上肢运动

立正，屈肘，两手置于肩上，肩部向前向后各绕环 10～15 次，然后两手伸开向前向后再绕环 10～15 次；再将两肘上提两手至胸前，手心向上，接着翻掌，两臂向头上方伸展，掌心向上，同时吸气，还原时呼气，做 15～20 次。两手握拳于腰部，拳心向上，左脚跨出成左弓步，两拳冲出，拳心向下，还原。再换右弓步冲拳，左右各做 15～20 次。

（3）躯干运动

两腿分开至肩宽，上体弯曲，两臂于腿前交叉重叠，上体抬起，两臂斜上举，放下还原；再重复做 10～15 次。两手叉腰，髋部左挺，接着髋部旋转 1 周，左右各做 8～15 次；再以左手叉腰，右臂侧上举，身体向左侧屈 2 次，左右交替各做 10～15 次。

（4）下肢运动

立正，上体弯曲，身体下蹲，两手掌按膝，左右转膝各8次；左脚向后半步，前脚掌着地，两臂经前方上举，掌心向前，踢左腿两臂后摆，还原；左右腿各踢10～15次。左脚向左跨成左弓步，两臂上举，随身体右转，向下绕环至右踝，还原；左右脚各做10～15次。两脚跳开，两臂侧举，两脚再跳合，两臂上举击掌，跳10～15次，最后原地自然轻松踏步30～50次。

注意事项：

高血压患者应避免做低头弯腰动作或少做此项动作。如果出现头晕、乏力等不适，可休息片刻后再练。

防老操

（1）深呼吸

两手由体前向上举，同时深呼吸，吸气；再由两侧放下手，呼气。重复2次，呼吸要缓慢。

（2）伸展

两手手指交叉握，向头上高举，掌心向上，背部尽量伸展，重复数次。

（3）高抬腿踏步

大腿高抬，两臂前后大幅度摆动，同时踏步数十次。

（4）手腕转动

两手半握拳至胸前，向内、外转动各4次，重复两遍。

（5）手腕摆动

两手自然微屈，手腕放松，上下摆动8次。

（6）扩胸

两腿稍开站立，两臂由前向上举至肩平，向两侧屈，同时用力扩胸。然后放松，使身体恢复至原站立姿势，重复做 4~8 次。

（7）体转

两脚开立，手臂向外伸展，身体向外侧转，左右交替，反复进行。

（8）体侧

两脚开立，左手叉腰，右手由体侧向上摆动，身体向左侧屈 2 次，左右交替反复进行。

（9）叩腰

两脚并拢，身体稍前倾，两手叩打腰部肌肉数十次。

（10）体前后屈

双足开立，体前屈，手心触地面，还原，再将手置于腰处，向后屈，反复进行 4~8 次。

（11）体绕环

双足开立，从身体前屈的姿势开始，大幅度向左、右做绕环动作，接着朝相反方向绕环，重复 4 次。

（12）臂摆动、腿屈伸运动

两脚并拢，两臂向前、向上摆，同时起踵，再向下、向后摆，同时下蹲，重复 4~8 次。

（13）膝屈伸

两脚微开立，两手置于膝部，屈膝下蹲，然后还原，重复4次。

（14）转肩

坐在凳子上，两肘微屈，由前向后，由后向前各绕4次，绕动时转动双肩，重复4次。

（15）上下耸肩

两脚开立，或坐在凳子上，两臂自然下垂，用力向上耸肩，再放松下垂，反复若干次。

（16）转头部

两脚开立，叉腰，头部从左向右，再从右向左各绕几次。

（17）叩肩、叩颈

右（左）手半握拳，扣左（右）肩8次，重复2遍；然后，手张开，用手掌外侧叩颈部，各8次。

（18）上体屈伸

两膝跪立，上体向后屈，然后身体向前屈，将背缩成圆形，呼气，臀坐在脚上，重复4次。

（19）腿屈伸

坐在地上，两腿伸直，两臂于体后支撑，两腿交替屈伸，重复4～8次。

（20）俯卧、放松

如此休息几分钟。

（21）腹式呼吸

仰卧，两腿伸直，使横膈膜与腹肌同时运动进行深呼吸，然后用手压腹部进行呼气。

以上动作的重复次数，依各人的体力而定。

白领保健操

5

办公室办公或在电脑前一坐好几个钟头，对人体背部会造成损害。专家为此专门编了一套只需5分钟的办公室健美保健操。练习时姿势应柔和，可照镜子观察一下自己，如面孔涨得通红表明呼吸不正确。每周至少练习4次，每次5分钟，每种姿势保持5次长呼吸。

5分钟办公室健美操

（1）双臂上举，手掌合拢，轻轻地向后拉移双臂。效果：手臂、肩部和胸部肌肉均获得伸展。

（2）上臂垂直地置于两耳旁。双手握住手肘。效果：使斜方肌和下颈项肌肉受压。

（3）手掌置于双肩，手肘尽量在脑后合拢。效果：颈项肌肉和肩胛带肌受压。

（4）双手置于背后，用下面的手尽量向上抓住另一只手。效果：伸展肩肌。

（5）双手交叉在臀部，手肘向里，臂尽量抬高。效果：活动肩背部肌肉。

（6）左右手互握，手掌向上，双臂轻轻地向后、向上伸拉。效果：双臂、双肩和背上部肌肉获得伸展。

（7）左右手互握，手掌外翻，双臂往前拉。效果：伸展背中、上部、各指关节和手臂。

（8）伸直肩胛，右臂同肩高，左手将头尽可能地向左肩方向拉。左右交替。效果：颈部肌肉获得伸展。

> 平时，白领女性可能因为没有时间运动而感到非常焦躁。但是，每天即使只运动5分钟，就足以使人恢复精神，消除疲劳。因此，希望白领女性能抽出时间来做做办公室健美体操。

办公室健美体操

（1）轻轻张开双脚，右手往上伸直，左手轻轻伸直。

（2）左右交互进行，下半身要保持固定，身体要配合举高的一手伸直。

（3）将双手向左右张开与肩齐，并将上半身倾斜至90°。然后进行上下运动。

（4）倾斜上半身，使左右贴在右膝盖上，而右手用力往后伸直。

（5）接着是相反方向的动作。眼睛仍须看着前方，将重心放在左手来扭动身体。

（6）膝盖不要弯曲，尽量将双手贴在脚外侧的地板上。

（7）双脚张开伸直，然后将双手伸入双腿的中央。

（8）抬高上半身，双手在胸前击掌。此时，背部要尽量伸直，使胸部往前挺。

脑力劳动者长时间伏案工作，容易影响脑部、颈部及肩部的血液循环，引起慢性颈椎炎和肩周炎等，还可能形成颈部脂肪堆积，过早地出现双下巴，影响健康与健美。为此，建议白领人士每天在办公桌旁做下面这套简便的小体操。

办公室健康小体操

（1）头部左右轮流转动，以下颌碰到肩头为度。

（2）头向前伸，慢慢抬起后仰，同时下颌向下伸。

（3）头部左右轮流摆动，以耳朵贴触肩头为度。

（4）头部分别由左向右，再由右向左转圈。

（5）手指交叉，托于脑后，两肘朝前，头部后仰，然后，以两手合力将头部向前下方压，拉紧颈部肌肉。

（6）双手交叉，贴于前额，两肘后张，同时头和下颌用力前伸。

在办公桌前坐了几个小时后，由于用脑过多、长时间久坐，容易使脑部供氧不足，造成头脑昏沉，尤其到了下午，更显得精神不济，注意力无法集中。此时可试试下面几招桌边保健操。

桌边保健操

（1）坐在椅子上，轻轻缩下巴，将双手手指交叉互握放在后脑勺上，手肘关节尽量往后拉，停5秒钟，放松，重复5次。

（2）坐在椅子上，双手往后交握于下背部，双手往后往上伸使背部拱起，停5秒钟，放松，重复5次。

（3）坐在椅子上，身体向前弯，至双手手掌贴在脚背上，停5秒钟，放松，重复5次。

（4）坐在椅子上，左脚抬起到椅面高度，以双手抓住左脚脚踝，停5秒钟，放松，换成右脚抬起到椅面高度，以双手抓住右脚脚踝，停5秒钟，放松，重复5次。

（5）站起来，双手轻扶腰的后方，身体向后仰至有拉到腹肌的感觉为止，停5秒钟，放松，重复5次。

（6）站起来，双手手指互相交叉，双掌朝外向前推，手臂向前上方伸直，至肩胛骨肌肉有拉紧的感觉为止，停5秒钟，放松，重复5次。

注意：

运动时最好把窗户打开。

坐着工作的人若长期缺乏运动，容易患"肌肉饥饿症"。避免此症的最好方法是经常进行运动，这里介绍2套防治坐姿工作者职业病的保健体操。

坐姿工作者保健操
（一）

防治练习操

第一节：

　　① 床上仰卧，两腿并拢，两手握床架。② 两腿向上后举（两膝触及前额），吸气。③ 还原，两腿慢速前摆下，呼气。重复 10～12 次。④ 作用：增强腹外斜肌、腹直肌和背阔肌肌力。

第二节：

　　① 并腿站立，两手放松垂于体侧。② 上体深前屈，两手手指触地(膝盖伸直)。③ 原地反弹一次。④ ～⑤ 同②～③（ 力求掌心触地)。共 2 组。每组 12 ～ 14 次。⑥ 作用：增强背阔肌、菱形肌和腹外斜肌肌力。

第三节：

　　① 分腿站立（ 宽同于肩 ），两手垂于体侧。② 上体右侧屈，右臂顺着右体侧下伸（ 两膝伸直 ），左臂屈肘叉腰。③ 同②，方向相反，呼吸均匀。两侧各重复8 ～10 次。④ 作用：增强腹外斜肌、大圆肌和小圆肌肌力。

第四节：

　　① 预备姿势同上。② 右手上举，随即手摆向背部(力求触及肩胛骨)，头部前倾或后仰，吸气。③ 还原，呼气。④ ～⑤ 同②～③，两臂交替练习。重复14 ～15 次。⑥ 作用：增强三角肌、冈下肌、斜方肌肌力，提高脊柱的灵活性。

第五节：

　　① 站姿同上。两臂屈肘位于胸前。② 上体从左向右环绕旋转，然后反方向做。左右各绕旋6 ～8 次。③ 作用：增强腹外斜肌和髂腰肌肌力。

第六节：

　　① 并腿站立，两手放松垂于体侧。② 右腿屈膝

上举(力求膝盖触及胸部)。两手抱膝,背部保持正直,吸气。③ 还原或直立,呼气。④~⑤ 同②~③,两腿交替练习。重复 18~20 次。⑥ 作用:增强腹直肌和股内肌肌力。

第七节:

① 两臂屈肘俯撑,两腿并拢。② 原地俯卧撑10~12次,共2组,间歇1~2分钟(俯卧撑有困难者,可用斜撑取代)。③ 作用:增强三角肌、肱二头肌、肱三头肌肌力和腰椎的柔韧性。

第八节:

① 仰卧椅上,两手抱颈,两腿并拢。② 起坐,吸气。③ 慢慢后倒成仰卧,呼气。共3组,每组6~8次。组间间歇 20~30 秒钟。④ 作用:增强腹直肌肌力。

第九节:

① 面向椅背站立,两手握椅背,两腿并拢。② 深蹲下,呼气。③ 站起,吸气。重复 12~14 次。④ 作用:增强股外肌和腓肠肌肌力。

坐姿工作者保健操
（二）

矫正练习操

第一节：

　　① 面向椅背并腿站立，间距30～35厘米，两手握住椅背。② 向右侧扭转腰部（脚下可移动）。③ 同②，方向相反。两侧各重复12～15次。④ 作用：放松腰侧肌群。

第二节：

　　① 两手握单杠悬垂。② 以腰为轴向左右侧扭动旋转15～20次。共2组，间歇1～2分钟（旋转有困难者可脚尖踮地做转腰动作）。③ 作用：放松腰侧肌群。

第三节：

　　① 背墙分腿站立（紧贴墙面），两臂侧平举。② 上体右转，左手力求击右掌一次（两脚不可移动），吸气。③ 还原，呼气。④～⑤ 同②～③，方向相反。两臂交替练习，重复12～15次。⑥ 作用：放松腰侧肌群。

第四节：

　　① 背墙并腿站立，间距15～20厘米，两手上举。

② 手指触墙，并沿墙滑向肩部，胸部渐向前挺（膝盖伸直）。③ 还原。重复 8～10 次。④ 作用：增强背部肌肉的牵引力和弹性。

第五节：

① 俯卧，两臂头前伸直。② 两臂上摆，两腿同时上抬（呈弓形），吸气。③ 还原，呼气。重复 8～10 次。共 2 组，间歇 1 分钟。④ 作用：增强背部肌肉的牵引力和弹性。

第六节：

① 分腿站立，两臂屈肘夹握木棒于背后。② 上体左转 90°，静止 3～4 秒钟，吸气。③ 还原，呼气。④～⑤ 同②～③，方向相反。重复 8～10 次。④ 作用：增强腹外斜肌肌力。

注意事项：

① 练习前后需做 5 分钟的准备活动和整理活动，以防受伤和肌肉僵硬。② 练习强度和密度因人而异，防止超量运动。

长时间坐着工作的白领经常会感到腰酸背痛。这时若能走一走，跑一跑，弯弯腰，踢踢腿，那该多好。假如连这也做不到，那该怎么办呢？下面这套操能为白领排忧解难，使人神清气爽，活力再生。

久坐者保健操

（1）掌心向上，将左手拇指轻轻向手腕扳动，换右手做，重复几次。

（2）掌心向上，将手指逐个轻轻下按，同时呼气，换另一只手再做。

（3）按顺时针和逆时针方向转动手掌，左右各5~10次。

（4）上下抖动手掌。

（5）按顺时针和逆时针方向缓缓转动头部各5次。

（6）双肩上耸，吸气，然后放松呼气。反复做4～5次。

（7）转动肩关节，前后各5次。

（8）按顺时针和逆时针方向转动脚踝，左右各10次。

（9）交替踮脚，左右各20～30次。

（10）用指尖轻击头顶和太阳穴若干次。

（11）用指尖从太阳穴按摩至下颌。

（12）用大拇指和示指按摩眉弓。

（13）用手指按摩眼眶，然后沿鼻翼下按摩至上颌。

（14）用指尖按摩下颌。

（15）手掌按住鼻尖，分别按顺时针和逆时针方向各揉5次。

（16）用力将耳朵向上、向外牵拉，再将耳垂向下牵拉，各牵拉5次，然后将耳朵向前向后各拉3次。

伏案白领工间操

(1) 伸展运动

坐在椅子上。双手叉握向上推,手心向上,感觉身体向上伸展。双臂直臂由上到前,含胸收腹,感觉腰、背部充分伸展。重复数次。

(2) 体转运动

坐在椅上。身体向右侧转,双手扶住椅背。感觉一侧腰背部充分伸展。稍停后换个方向再做。

(3) 腿部伸拉

坐在椅子上。右腿伸直,勾脚尖,双手扶双膝、身体慢慢靠近伸直的腿,感觉腿部后侧韧带充分伸展。稍停后,换腿再做。

(4) 收腹运动

坐在椅子上。双手扶椅两侧,身体挺直,双腿向前伸展。屈体收腹,低头含胸,伸展背部。稍停后还原。重复 10～15 次。

长时间坐着工作，特别是操作电脑久了，人会感到很累。这时休息一下，做做专为操作电脑者设计的这套保健操，就能很快消除疲劳、恢复体力。

电脑桌前的保健操

（1）坐在椅子上，背挺直，双手放在膝盖上。一臂前伸，连同身体一起后转，目光盯住手掌，吸气。还原，呼气。换手再做。

（2）坐在椅子上，双手放在膝盖上。屈臂握拳，勾脚尖抬起，稍停。双手放回膝盖的同时，绷脚尖，同时脚后跟带动脚尖一起转动。

（3）双臂屈肘，双手放肩上。两肘前后做圆周运动。

（4）双臂交叉，胸前抱臂。抬起双臂，在胸前做圆周运动，同时活动双肩、肩胛骨和胸肌。

（5）坐在椅子上，背挺直，双手抱膝盖尽量贴近腹部，然后向前伸直这条腿，放回地面。换腿再做。

（6）向前伸直双手，做游泳的动作，如蛙泳。尽量向前和向两侧抻长身体。

（7）坐在椅子上，一条腿膝盖弯曲后转向一侧，如同朝一侧跨出一步，还原，换腿再做。

（8）屈臂握拳，放胸前，伸开双手向前、向两侧、再向上伸。

（9）一条腿伸直，脚尖朝上，另一条腿弯曲，脚尖朝下，模仿走路动作，轮流换脚。

（10）坐在椅子上双腿伸直。抬腿，向两侧转动，在地板上空划圆。

（11）坐在椅子上屈臂，双手放肩上。左右来回转动身体，使胳膊肘尽量靠近椅背。

（12）坐在椅子上，双手放头后。头向两侧来回转动。

（13）双手放在膝盖上。一只手从上伸至肩后，另一只手从下向上伸至肩胛骨处，双手背后交叉。换手再做。

（14）紧贴椅背坐在椅子上。挺直脊柱，微微低头，向两侧轻轻转动。假设胸前放着一小球，尽量用下额去够球。眼睛睁大，跟着头转动。

电脑操作者的
背部保健操

（1）预备时身体仰卧，双腿并拢，双手握一根橡胶带（普通皮带、围巾、拉力器均可）。竖起右腿，使腹部和臀部感到压力，将胶带套在脚底，腿部不能弯曲，然后拉动胶带，尽可能贴近自己的身体，该动作重复2～3次后回到起始状态，换左腿，自由呼吸。

（2）预备时身体仰卧，抬腿屈膝，贴近胸前，双手交叉抱紧膝盖下部。吸气时尽量将腿前伸，双手同时抱紧腿部（使双腿无法完全伸直），呼气时双膝尽量贴近胸前。

（3）预备时跪立，双肘同时触地，目视前方，在每次重复练习时，膝盖与肘部之间的距离应渐渐加大。在均匀吸气时，轻轻低头，在呼气时，头部放松下垂，同时将背部弯成弓形，像猫一样，深吸一口气，然后慢慢呼气，抬头，同时使背部往下弯曲，绷紧肌肉，使肩胛骨尽可能向后收紧，屏往呼吸，再做2～4个往下弯背收肩的动作，然后放松肩胛骨。

（4）预备时身体仰卧，双腿踝部交叉，然后自然分放身体两侧，慢慢地将骨盆和腿部向一个方向转动，头部则转向反方向（肩部触地不动），自由呼吸。

（5）预备时四肢支撑在沙发床或板凳上，右膝弯曲，右足面放在左脚踝部上。在重力的作用下，膝盖部缓缓下降，吸气时，控制身体的下降，呼气时，则继续让身体下降，这种升降动作可坚持1分半钟左右，然后换左膝。

（6）预备时身体仰卧，双腿伸直并拢，双手自然分放两侧。右腿经左腿膝盖下部弯出，尽量使右膝贴近地面（肩部不要离开地板），这一动作应保持30秒钟，然后回到预备姿势，换另一条腿做，自由呼吸。

电脑操作者的
脊柱保健操

（1）俯卧，脸朝下，两脚分开同肩宽，手前伸，抬臀，弓背，身体成弧形。膝盖和胳膊肘伸直，靠双脚和手掌支撑，头低垂，然后，臀部下落触地，头微仰。

（2）预备姿势同上。抬臀，弓背，手脚支撑，臂腿伸直，转动腰臀部，幅度越大越好。

（3）坐地，腿屈起，双手体后支撑，迅速抬臀，使身体与地面平行，还原。

（4）仰卧，双腿伸直，屈膝抬腿，膝盖向胸部贴近，同时抬起上体，双手抱膝，下颌尽量触膝。保持该姿势5秒钟。

（5）俯卧，脸朝下，抬臀，弓背，低头，臂腿伸直，手脚支撑。然后手脚并用，绕室内慢慢爬。开始时，每节操做2～3次，隔1天增加到5次，逐渐达到10次，坚持每天做。过一段时间后，可减少到每周2次，以巩固已取得的成效。

电脑操作者的
5分钟保健操

（1）放松颈部

　　①坐着或站着，吸气；②低下头，脖子尽量向前伸，伸脖子时大口呼气，吸气回到①；③脸朝前，头尽量向后仰，仰时大口呼气，吸气回到①；④坐下或站着吸气；⑤脖子向右肩倾：尽量伸，伸时大口呼气，吸气回到①；⑥脖子向左肩倾：尽量伸，伸时大口呼气，吸气回到①。

（2）活动肩膀

　　①坐着或站着，双手臂放在肩上，先慢慢吸一口气。②吐气中把臂向水平伸出，手指头向肩膀弯曲；吐完气后停住5秒钟，慢慢吸气，回动作①重复。做5次。

（3）强化胸部

　　这个动作可强化三角肌、肱二头肌，丰实胸部。①直立位两手合十置胸前，手肘抬高与肩平，慢慢吸一口气。②手掌互压停约7秒钟，慢慢呼气，重复，做6次。

电脑操作者的椅上操

（1）工作间隙，可坐在椅子上或靠着桌面进行简单的锻炼，从而确保不为工作所累。可以轻松地背靠坐椅（或撑住桌面），进行腿部锻炼。先在椅子上坐直，伸出小腿（或向后伸出），用力把足尖朝前送（或往外送），每伸一条腿保持10~15秒钟。

（2）在椅子上坐直，然后将一条腿向上抬起，两手手指交叉后从外部托住；并将腿轻轻地往胸部牵拉，保持10~15秒钟。做完一侧后再换另一条腿。可获得放松大腿部肌肉的效果。

（3）端坐在椅子上，然后将左腿抬起放于右腿上，再将右手放于左腿的膝盖外侧，稍用力持续朝右边施压，同时头部向左肩方向旋转直至有牵拉感；保持这种姿势约10秒钟。做完一侧后再换成另一侧做相同的动作。

（4）端坐在椅子上，然后稍稍前移，用双手托住腰部，肘尖朝后；再轻轻地向前施压，同时胸部微微上提；保持这种姿势10~15秒钟。注意在做这套操的过程中，呼吸要保持顺畅。

预防颈痛肌僵保健操

(1) 手部运动

左手掌心向下，右手拇指按住左手腕，用其余四指将左手拇指往下压。重复做几次，然后换手再做；转动手腕，顺时针与逆时针各转动5～10次；将两手上下摆动，放松。

(2) 颈部与肩部运动

十指交握放在脑后，将重量置于手和手臂上，将头往下压，脖子伸直，深呼吸5次；将右手置于左耳，轻轻钩住，让头倾向右方，做深呼吸5次，重复数次后换左手练习；慢慢旋转颈部，顺时针、逆时针各旋转颈部5次；将肩膀提高，接着放下，重复4～5次；晃动肩膀，向后、向前各晃动5次。

(3) 腿部与足部运动

将腿弯曲提起与胸平行，提起、放下各5次，可让你倍感舒适；顺时针、逆时针各转动脚踝10次；将脚趾并拢，弯曲向上，伸直、向下交替做5次；脚平贴于地，然后换脚，重复练习20～30次。

(4) 脸部运动

用指尖按住头顶部，上下移位；示指与拇指捏住上眼皮，向外拉，反复多次；沿着面颊骨按摩眼睛四方；鼻孔旁向外按摩至下颌，再回到原点；手掌按住鼻尖做圆周运动，每个方向做5次。

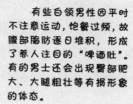

有些白领男性因平时不注意运动，饱餐过频，故腹部脂肪逐日堆积，形成了惹人注目的"啤酒肚"。有的男士还会出现臀部肥大、大腿粗壮等有损形象的体态。

白领男士形体操

（1）俯卧撑运动A

将双手分别平放在离肩膀约一个拳头间隔外的两把椅子上，身体尽量保持一条直线，然后做俯卧撑。这一运动可锻炼上臂的肱三头肌。

（2）俯卧撑运动B

运动前的准备姿势与A相同，只不过为加大锻炼的强度，将双足架在桌子上。伸直双腿，缓缓地做俯卧撑，这样可以使手臂外侧的肌肉群受到刺激，逐渐变得有韧劲。

(3) 下蹲运动

双腿分开，约与肩同宽，腿尖略向外，两腿略弯曲，双手抱住后脑部。然后，使臀部慢慢地下蹲，直到大腿与地面平行为止。随后再慢慢地复原，注意不要伸直膝关节。

(4) 屈膝运动

臀部略微接触椅子、双手紧握椅子边缘。让膝盖轻松地弯曲，双腿并拢，然后，慢慢地使膝盖向胸部靠近，而后慢慢地复原。

(5) 侧身弯曲运动

手持有适当重量的手提包，另一只手的掌心贴在后脑勺。然后，手提包像被拉向地面一样自然下垂，身体跟着一起侧身弯曲。复原动作是慢慢地将手提包上提，身体也慢慢地伸直。左右侧交替进行。

(6) 后屈运动

双脚分开与肩同宽，一手扶着椅子，让上半身保持固定，然后，膝盖向前挺，而腰部则慢慢下落向后倾，保持这一姿势，直到较疲劳为止。这节操可使大腿部的前侧肌肉健壮、消耗臀部的脂肪。

简易美体操

（1）美颈

① 找一把结实的椅子，坐好坐稳，双脚脚后跟微抬，吸气挺胸，调整呼吸，双手在体侧张开，注意收腹直背。② 吸气，手臂由外向内，从丹田向上，手背相对。③ 吐气，手臂继续向上，在头顶打开，抬头挺胸，努力伸长颈部，脚后跟始终微抬。④ 吸气，放下手臂，注意始终保持头部上扬，腹部收紧，坚持5秒钟后回复初始姿势，完成该组动作。每天做5组。这组动作可拉伸颈、胸、肩部肌肉，锻炼背部和手臂，同时有助于放松端坐过久而僵化的肩颈部。

（2）挺胸

① 双手合十，并掌，向胸部用力，双脚打开比肩略宽，调整呼吸，并保持收腹挺胸。② 腰部直立，吸气，双手手肘慢慢向一起靠拢，感受胸大肌向中间收紧。注意保持后臂与地面水平，前臂与地面垂直。③ 保持并肘状态，吐气，慢慢转动身体呈45°左右，感受腰侧肌肉收紧，吸气，调整呼吸，保持5～10秒钟。④ 慢慢转向另一侧，注意保持匀速呼吸，手肘始终尽力靠近。保持5～10秒钟后恢复初始动作。每天做10组。这组动作可有效锻炼胸部、手臂及腰侧肌肉。

（3）美腿

①双腿打开，比肩略宽，脚尖外展，手臂伸直，双手手心相对。收腹挺胸，屈膝下蹲。②吸气站起，臀部夹紧，手臂由前向上伸展，手心相对。③上身姿势保持不动，并拢双腿，挺腰翘臀，膝盖用力，感觉大、小腿肌肉拉伸。④屈膝下蹲，将右腿盘起紧贴支撑腿的大腿上侧。坚持5～10秒钟后放下右腿，换左腿重复该动作后回复初始姿势。⑤在④基础上，将双手抬起于头顶处汇合，坚持5～10秒钟后回复初始姿势。每日做4组。这组动作可有效缓解长时间端坐造成的腿部静脉曲张现象，并能有效地锻炼大腿、小腿和臀部肌肉。

（4）紧腹

①坐在椅子上，坐稳，双手扶在身后，保持身体平衡，双脚并拢脚尖垫起，收腹挺胸。②曲肘，双腿夹紧，大腿用力将双腿抬起向胸部靠拢，注意身体与椅子最好呈60°左右。收腹、调整呼吸，并把脚尖绷直。③保持上身不动，用力向外伸直双腿，感觉腹部肌肉和大腿肌肉紧绷，坚持5秒钟后回复初始姿势。每天做6组。这组动作可有效地锻炼腹部肌肉，练就有线条的腹肌。

白领女性纤腰美体操

（1）站立，两手叉腰，两腿分开；先向左侧扭转腰部，直到最大限度；然后再向右侧扭转腰部，同样直到最大限度。连续做 10～20 次。

（2）站立，两手叉腰，两腿分开。先向前后弯腰，再向左右弯腰，弯后直立。连续做 10～20 次。

（3）站立，背靠墙或树，两手向上伸直，腰向后弯。两手逐渐下移，直到腰不能再弯为止，弯后直立。连续做 5～10 次。

（4）仰卧，先将右腿弯曲，使大腿尽量靠近胸部，停 1～2 秒钟后再伸直。换左腿，动作同前。两腿交替，连续做 10～20 次。

（5）左侧卧位，右臂垫在头下面，双腿稍微弯曲，然后尽量屈右腿，使膝关节靠近下颌，然后慢慢伸直；再屈左腿，使膝关节靠近下颌，然后慢慢伸直。两腿交替进行 10 次后，再换右侧卧位，动作同前。

（6）跪在床上，双手支撑上身，像猫一样练习弓背，在弓背时要低头，腰部要用力；然后慢慢抬头，并放松腰背肌肉，使脊柱呈 U 形。在做弓背动作时深吸气，塌腰时长呼气。反复进行。

（7）仰卧，两腿弯曲，两臂放于体侧，头及上身慢慢向上抬起，停留 1 分钟左右，头再落下。反复进行，直到颈部及腰部感到酸沉为止。

（8）仰卧，以头和脚为支撑点，腰臀部尽量向上挺，身体成桥形。持续 30 秒钟后将臀部及腰部放下，休息 2 分钟再做。每天起床时及睡觉前各做 3 次。

丰满坚挺的乳房，是女性健美的标志之一，也是身体发育良好的重要象征。它不但靠遗传，更重要的是靠后天自我能动的"雕塑"。胸部健美操不仅能使胸部健美，而且能使身体多吸收一些新鲜空气，对整个身体的新陈代谢起到良好的促进作用。

胸部健美操

（1）挺胸（8×8拍）

并腿站立，两臂自然下垂。

第一个八拍：1～8拍，两腿分开，双手置于背后，两臂弯曲，两手掌心向外，手指交叉相握。伸直两臂，两掌尽力下压，两肩后扩，胸部前挺，抬头稍停片刻。

第二个八拍：同第一个八拍，但逐渐还原。

第三个八拍：1～8拍，距墙壁半步，背对墙，两脚分开，背与头用力后仰，双手向后上方尽力触墙下移至极点，稍停片刻。

第四个八拍：同第三个八拍，但逐渐还原。

第五个八拍：1~4拍，俯卧垫上，腿后举同时两臂左右分开，抬头挺胸。5~8拍，还原。

第六个八拍：同第五个八拍。

第七个八拍：1~4拍，并腿坐于垫上，上体稍后仰，两手支撑（指尖向后），同时身体挺起，抬头后仰。5~8拍同1~4拍。

第八个八拍：同第七个八拍。

（2）振胸（4×8拍）

分腿站立。

第一个八拍：1~2拍，双手握拳屈肘于胸前，同时用力扩胸向两侧振胸，还原。3~4拍、5~6拍、7~8拍同1~2拍。

第二个八拍：1~2拍，向左转90°，成左弓步，同时两臂由体前交叉向两侧用力后振。3~4拍、5~6拍、7~8拍同1~2拍。

第三个八拍：1~2拍，弓步弹压，同时左臂上举用力后振，右臂下举用力后振。3~4拍同1~2拍，但换右臂上、左臂下振动。5~8拍同1~4拍。

第四个八拍：同第三个八拍，但向右转，成右弓步。

要求：振胸幅度由小到大而且要用力，熟练后可以增加次数。

尽管瘦身运动会减小胸部，但做一些恰当有效的运动，可以增强乳房的韧性和弹性，乳房会变得结实、坚挺、饱满、秀美。

美乳瘦身操

（1）牵拉运动

　　站或坐着。① 两臂放在身体两侧，缓慢向两边举起，达到头肩之间的高度后，再慢慢向前举。② 当两臂快要相碰时停止。③ 两臂分开，还原并使肌肉放松。重复5遍。

（2）屈伸运动

　　屈伸运动很像传统的俯卧撑，即在双杠上做双臂屈肘支撑的动作，身体尽量下垂，把胸肌充分拉长，再用力撑起。

（3）推前运动

　　① 坐好后，两臂向前伸，手肘弯曲。② 两手相握并用力向前推，从1数到6后，再放松双手。③ 可连续做几遍。

乳房健美操

（1）两脚开立，两臂屈肘侧举。手指放松置肩前，然后两臂沿肩轴、肘向前平举。两肘向前、向上、向后、向下绕环，绕至开始姿势，重复练习10次。

（2）直立，双腿并拢，两手按在胸下部两侧，憋气，用气压乳房两侧，然后两手臂向上举，重复练习10次。

（3）两脚开立与肩同宽，成直立姿势。张口深呼吸，头后仰，同时肘沿身侧提至小臂前平举，肩臂后展，挺胸，掌心向上，然后还原成直立姿势，重复练习10～15次。

（4）膝着地，手掌向前方着地，手指向内，身躯正直下降，然后再推起，重复练习6～8次。

（5）右脚支撑，右手握住左脚后上举，挺胸、抬头，上体尽量舒展，左右交换做5次。

（6）直立，做两手臂快速交叉运动，也可手握哑铃等器械练习，注意双臂向外扩张时应憋气；交叉、扩张为1次，练习5～10次。

女子肩背健美操

（1）直臂旋掌

两臂侧平举，掌心向上。1～4拍，两臂向前内旋，5～8拍，两臂向后外旋。呼吸均匀。

（2）提肘提肩

两手胸前相握。1～4拍，屈肘向左肩后上方提摆至最高点，5～8拍同1～4拍，方向相反。呼吸均匀。

（3）头后屈肘下拉

两手头后相握。1～4拍，右臂用力下拉，左肘高抬用力下压，两手移至右肩上方，5～8拍同1～4拍，方向相反。呼吸均匀。

（4）拉臂展肩

双手叉握抱头。1～4拍，吸气向后拉臂展肩，5～8拍呼气放松还原。

（5）俯卧拉臂

俯卧地面，两手腰后相握，双腿伸直。1～4拍，吸气抬头，展肩展胸，双手用力向下伸拉，胸部离地，5～8拍，呼气放松还原。

（6）满弓举腿

俯卧地面，双腿向上弯曲，双手握两脚踝关节。1～4拍，吸气抬头，双腿高举，双手用力拉脚踝，带动肩部后展，5～8拍，呼气放松还原。

（7）挺胸展臂

俯卧地面，两臂伸直夹住头部。1～4拍，吸气挺胸展臂，上体离地，5～8拍，呼气放松还原。

（8）负重耸肩

直立，双手持哑铃于体侧。1～4拍，吸气，两臂伸直，用力向后上方耸肩至最高点，5～8拍，呼气放松还原。

（9）屈肘挤背

两脚开立，上体正直，两臂前平举，拳心相对。1～4拍，吸气，两臂经体侧用力屈肘，向后展肩挤背，5～8拍，放松还原。

（10）向上振臂

两臂交替做经前方上举并向后振臂，每4拍交换一次。呼吸均匀。

（11）屈肘夹背

两脚开立，上体前屈，两手持哑铃于体侧。1～4拍，吸气张臂，向侧后上方摆起并夹住后背，5～8拍，呼气放松还原。

日常生活中手臂是活动最多的部位，但其运动的方向大多为向前或向侧，由于较少有向后的运动，因而手臂内侧容易造成肌肉松弛、脂肪沉积而缺少弹性。要想拥有富有弹性、体现健康的双臂还须面面俱到，赶快奉献几招，只要每天坚持运动，即使只学一招也会有令你倍添自信的好效果。

完美手臂静态操

（1）双手交叉向前推，至两臂完全伸直，手心向前，保持静止2～3秒钟。双手旋转收回。目的是锻炼两臂，使之结实。重复10～20次。

（2）双手交叉放于脑后，双臂用力向上伸直，手心向上，保持2～3秒钟，放松收回。对改善内臂的松弛十分有效。重复5～10次。

（3）使双臂紧张，一只手放于另一侧肩部垂直下压，被压肩用力向上耸起。左右各3～4次，共进行5次。

（4）双臂向前伸展，手心向下，手臂肌肉绷紧，同时外旋双臂至手心朝上，并渐向两侧打开。这组动作有助于锻炼上臂，使之匀称。重复 15～20 次。

（5）双臂自然弯曲、手掌用力伸开，再慢慢握成拳状。动作一定要缓慢、用力，有利于锻炼小臂。重复 8～10 次。

以上这组动作属静态练习，有助于收紧松弛的肌肉，减少手臂内侧脂肪堆积下沉，恢复弹性。

完美手臂动态操

（1）双手共握一重物，垂直上举，以肘为轴向后摆动，直至后侧肌肉充分伸展，再用力把臂伸直，目的是锻炼手臂后侧松弛的肌肉，令其结实有质感。重复8～12次。

（2）双手各握重物，肩侧曲臂，手心向前，用力向上推举，至两重物相碰，再原路收回。此动作集中锻炼臂部三角肌，以明显改善肩部外观，使双臂挺拔，改变溜肩、窄肩等不良形体。重复10次。

（3）双手各握重物，手心向后，双臂微曲，由体前成弧线向两侧拉开至肘部略高于肩部，返回。重复8～10次。

（4）双手各握重物，上臂稍贴紧躯干，以肘为轴，两臂交替向上做弯举动作，至肌肉完全收紧，停2秒钟后向下伸直。重复8～12次。

（5）双手正握或反握重物，双臂自然弯曲，腕部交替屈伸。重复8～10次。

动态练习必然要用到一些重物，然而重量越大，动作不规范的可能性就越大，手臂也容易受到损伤，因此建议用意念和感觉促使肌肉紧绷，而不是单纯依靠重量刺激肌肉。同时所有动作都应慢速完成。为防止扭伤，提高身体的灵活性，锻炼前后都要做伸展运动，避免肌肉紧张结块，保持良好的身体姿态。

上班族经常坐着办公，导致臀部的肌肉容易疲劳，保健专家提出了一组练习这部分肌肉的方法。

臀部健美操

（1）站在水平地面，两脚开立，两脚距离在0.75米左右，脚趾冲前。吸气，将双手放在臀部上，挺胸，伸长脊柱，然后呼气，慢慢弯腰，双手自然下垂、撑地。

（2）再次吸气，同时弯肘，头顶向地板靠拢，臀部顶端指向天花板。保持这个姿势20～30秒钟，正常呼吸。这能极大地牵拉臀大肌的后部，也就是我们上班时经常坐着的这两块肌肉，达到缓解这部分肌肉疲劳的效果。然后，慢慢伸直手臂，将双手放在臀部上，抬起上身，恢复直立位。可多做几组，锻炼效果更佳。

亭亭玉立，双腿秀美，是每个女性所追求和渴望的。下面介绍的这套操简便易学，行之有效。只要每天坚持锻炼5分钟，就会有全新的感觉。

窈窕美腿操

（1）瘦大腿

① 将两手手掌交叉于后脑，双腿张开，比肩稍宽。② 一边吸气，一边慢慢往下蹲，蹲下时要抬头挺胸，并注意脚跟不要离开地板。③ 慢慢站起，站时同时吐气。重复该动作24次。

（2）苗条大腿内侧

① 侧躺在地板上，左腋朝下，右脚伸到左脚后方。右膝弯曲，脚掌着地。② 慢慢吐气，并使劲缩紧

大腿内侧，左脚慢慢往上抬起，左脚踝位置一定要比脚尖高。③ 一边吸气，一边维持动作 3 ~ 5 秒钟，重复动作 20 次。

（3）美化后腿曲线

① 两腿直立，与肩同宽。双手自然下垂，手握 1 ~ 3 千克的哑铃，上半身前倾，充分伸展脚部韧带和关节，直到膝盖后侧的肌肉有紧绷感。② 背脊可稍稍弯曲，上半身尽量往前倾。前倾时手臂依然要自然下垂，维持 3 ~ 5 秒钟后，回到上一个动作。重复动作 10 ~ 20 次，但要注意膝盖不可弯曲。

（4）窈窕小腿、足踝

① 双手紧握毛巾，置于腰部，握毛巾时双肘微弯。② 双手往右高举时，左脚跟着抬高。重复动作多次，换边再做。

（5）纤瘦大腿前侧肌肉

① 跪坐，双手支撑于身体后方。② 上半身慢慢向后仰，直到大腿前侧肌肉完全伸展为止，动作停留约 30 秒钟。做这个动作需配合柔软度，若无法完全往后仰躺不要勉强，尽力而为就好。

大腿玲珑操

（1）大腿前部（40秒钟）

① 直立，两手在脑后交叉或收在耳后，深深地吸口气。② 向前迈出一步，同时下蹲。上体保持正直，大腿前部用力，稍停，吸气还原。左右腿交替进行。

（2）大腿后部（40秒钟）

① 屈膝屈肘俯卧。一腿单膝支撑身体，另一腿上抬，与身体成直线，吸气。② 边呼气边弯举小腿，同时大腿后部肌肉用力收紧，稍停，还原。左右腿交替进行。

（3）臀部（40秒钟）

① 双手撑地，一腿屈膝撑地，一腿屈膝尽量靠近腹部，背不要提起，吸气。② 一边呼气，一边将胸腹前的腿向后举起，至大腿与躯干成一直线止，臀部用力。左右腿交替做。

（4）大腿内侧（40秒钟）

① 仰卧，一腿屈膝撑地，另一腿勾脚尖直腿向上举起。② 边吸气边慢慢地把高抬的腿向外侧展开，大腿内侧肌肉用力收紧。呼气，还原。左右腿交替进行各10次。

（5）小腿肚（30秒钟）

① 双脚稍分开站立在台阶上，脚跟下垂，吸气。② 边呼气边提踵，至水平处止，稍停。平衡好的人可双手叉腰做，但不能拱背。

美腿塑形操

（1）压腿

① 身体直立，眼看前方，双手放在腰间。② 左腿向前踏一步成90°，右腿拉后往下压，膝盖接触地面为好。左右腿交替练习30次。

（2）提腿

① 身体直立。② 右腿支撑身体，左腿伸直往后提起，直至肌肉被拉紧为止。左右腿交替练习30次。

（3）跑步

双手提高，双腿以前脚掌为受力点跑步，双手在胸前打圈。跑2分钟。

（4）蹬腿

① 身体直立，前脚掌踩在砖块上，脚跟触地。② 前脚掌用力往上蹬，并停留10～15秒钟后脚跟才下地。反复练习20次。

（5）踏步

① 张开双腿站在砖块上。② 提起左腿，身体重心放在右腿。然后左腿用力踏在砖块上，并立刻提起右腿。双腿反复练习30次。

经常听到女性朋友抱怨家里的居室小，没有自己的健身空间。这套柔体静力操简单易学，只要在床上或地板上进行练习即可。它对提高身体素质，增强肌肉力量，提高关节活动幅度和肌肉伸展的柔韧性，以及保持体形和姿态都能起到很好的作用。

塑身柔体静力操

（1）伸拉腿部的练习

① 正坐，两腿尽力分开，上体向前，两臂用力前伸，停顿20秒钟，反复练习3～4次，注意双腿不能屈膝。② 正坐，两腿尽力分开，上体向左侧屈，右臂伸向左足，压腿，停顿20秒钟，反复练习3～4次，左右交替练习，注意双腿不能屈膝。③ 正坐，两腿并拢前伸，用力向上勾足，上体向前伏，两臂用力前伸，压腿，停顿20秒钟，反复练习3～4次，注意双腿不能屈膝。

（2）锻炼背部的练习

　　①伏地，两手拉住踝部，挺胸抬头，两腿尽力上抬，停顿20秒钟，反复练习4～5次。②正坐，两腿并拢前伸，用力向上勾足，上体向前伏，两臂用力前伸，压腿，停顿20秒钟，反复练习3～4次，注意双腿不能屈膝。

（3）锻炼腹部的练习

　　①正坐，两腿屈膝，双手扶颈后，含胸低头，上体后仰至腹部颤抖最强烈的位置，停顿10秒钟以上，反复练习6～8次。②正坐，两臂体后撑地，两腿伸直抬至腹、腿颤抖最强烈的位置，停顿10秒钟以上反复练习6～8次。

（4）锻炼臀部的练习

　　仰卧，两腿屈膝，两壁平放身体两侧或两手拉住踝骨，用力向上挺腹顶臂，臀、腰、背部尽力向上抬起停顿20秒钟，反复练习3～4次。

6

医疗保健操

感冒后做做呼吸保健操，帮助身体多吸入新鲜空气，增加抵抗力，以利早日康复。

感冒后呼吸保健操

（1）晨起以凉水洗脸或敷鼻（视体质而定）。

（2）盐水漱口，清除口腔余痰及微生物。

（3）两手伸开，对掌相搓，不少于20次。

（4）两手拇指屈曲，用其第一指关节按摩迎香穴，不少于30次，然后手掌伸开，分别用小指关节的侧面或小鱼际处推按同侧枕后风池穴不少于30次。

（5）两手伸开，交叉轮流拍胸，不少于20次。

（6）两臂伸直，向前向上逐渐高举过头，同时深吸气，然后两臂向两侧分开向下靠拢身旁，同时深吸气（尽量用腹式呼吸）不少于10次。

防治感冒保健操

（1）双方十指交叉，擦暖大拇指，操作32次。从印堂穴到迎香穴，用双大鱼际及双大拇指前缘擦鼻翼，进行64次。

（2）以右拇指指端螺纹面揉按左合谷穴，顺、反时针方向各32次。再换左拇指，同样揉按右合谷穴，顺、反时针方向各32次。

（3）两手掌互擦2次，随之两掌趁热从额向下抹至颜面，再分沿两颊而上至耳，并用拇、示两指轻轻提拉两耳64次。

（4）用双示指指端螺纹面，擦按双迎香穴，顺、反时针方向各32次。

（5）以右拳有节奏地敲左曲池穴。再换左拳，同样敲右曲池穴。各重复32次。

（6）以右拳有节奏地敲左足三里穴，再换左拳，同样敲右足三里穴。各操作32次。

注意事项：

　　按摩前用温热水洗净双手；做擦法时不要太轻或太重，局部擦暖为度；早晚均可做，每次5分钟。

呼吸保健操是一种以改善肺通气功能和呼吸功能为主的运动。它的作用在于加强全身肌肉活动，尤其是膈肌、肋间肌等呼吸肌的活动，使呼吸加深，增加肺活量和肺通气量，同时促进肺部血液循环，使肺部气体交换速率加快，并使肺部弹性增强，有利于痰液的排出，减轻气道阻塞状况，从而阻断肺气肿发展的进程。本操适用于慢性支气管炎、阻塞性肺气肿患者以及肺活量较小者。

慢阻肺患者呼吸保健操

（1）压腹呼吸

自然站立，两手叉腰，拇指在后，四指在前，呼气时主动收腹，两手四指加压腹部，同时两肘关节向前靠拢约束胸部；吸气时两肩向后扩胸，以增加肋骨活动的幅度，重复做8次。

（2）压腿盘膝

左腿向左前方跨出一步成左弓步，两手挟左膝向下压腿，随后重心后移，再压腿，重复8次；换右弓步再压腿8次，然后两腿并拢，微屈做膝绕环运动，先顺时针再逆时针各绕环8次。

（3）单举呼吸

自然站立，两臂屈肘两手置于腹前，手心向上，手指相对。呼气时一臂经腹胸前上举，紧贴头侧，翻掌成托掌；另一臂手心放下，贴体侧下伸，用力下压，吸气时还原成两手置腹前位，换手臂方向再做1次，重复8次。

（4）抱球

两腿分开至肩宽，半蹲位，两手做抱球状，体向右转，重心右移，右手在上同时呼吸；再体向左转，换左手在上，重心左移同时呼吸，反复做8次。

（5）托天呼吸

自然站立，两臂屈时，两手置于腹前，掌心向上，呼气时，两臂经体侧上举，两手心向上，手指相对，尽量伸臂上托；吸气时，两手至胸前下落至腹前，重复做8次。

（6）蹲站呼吸

自然站立，下蹲时呼气，足跟不离地，两手扶膝关节，起立时吸气，两手侧平举，重复8次。

（7）拍打

自然站立，上体以腰为轴向左转，同时以肩带动两臂拍打，右手拍打腹部，左手拍打腰部；上体再向右转，左手拍打腹部，右手拍打腰部。如此重复做8次。

为了改善大脑皮质和自主神经中枢对胃肠的调节，提高胃肠的生理功能，增强腹、膈肌及改善腹腔的血液循环，调和气血，疏通经络，提高腹式呼吸功能，可做胃肠保健操。

胃肠保健操
（一）

（1）太极起式

两足开立，同肩宽，脚尖向前。两臂微屈，手指自然分开，缓慢上提至前平举，掌心向下，吸气；两腿徐徐弯曲，身体正直下蹲，同时两臂下按，沉肩垂肘，呼气；两臂继续下按，两腿逐渐伸直，还原成预备姿势。手腿动作要配合，连贯，思想安静；手臂上提时以肩、上臂发力带动前臂和手。

（2）扩胸转头

两足开立，同肩宽，两臂前平屈于胸前，掌心向下，手指相对。① 两臂用力向后拉开，两肘向下屈于体侧，同时两掌握拳，拳心向下，挺胸，头向左转，眼视左拳，吸气。② 还原成预备姿势，呼气。③～④ 同①～②，但头向右转。两臂向后如同拉一弹簧，使肩背有酸胀感，转头、挺胸、握拳同时进行；两手可上下重叠，以增加活动幅度。

（3）双手托天

立正，两手手指交叉于上腹部，掌心向上。① 两臂上举至脸前翻掌上托，掌心向上，吸气。② 两臂经体侧下落成预备姿势，呼气。翻掌上托时手臂伸直，以使手臂、肩肋出现酸胀感，不要挺腹。呼吸配合动作。

（4）上托下按

立正，两臂于上腹部屈肘，掌心向上，指尖相对。① 左手翻掌上托，掌心向上，手指向内，同时右手翻掌下按，掌心向下，手指向前，吸气。② 还原成预备姿势，呼气。③～④ 同①～②，但左右手的动作相反。上托下按时手臂伸直，以掌根用力，有酸胀感；下肢放松，呼吸配合动作。

（5）扶膝转体

两脚开立，稍宽于肩。① 体前屈，屈膝，同时右手扶左膝，左臂随身体左转而举至侧后上方回头，目视左手背。② 还原成预备姿势。③～④ 同①～②，但方向相反。扶膝转体时重心不要前后移动。以身体转动带动手臂，向后上方上举。回头看手背时应使颈、肩、腰、腿均有酸胀感。

（6）转腰运动

两脚分开，稍宽于肩，双手叉腰，四指朝下或向后。① 眼看前方，骨盆沿顺时针方向旋转1周。② 再沿逆时针方向旋转1周。③ 先做动作①2个8拍，再做动作②2个8拍。手臂勿用力，勿耸肩。上体可随腰的转动而向反方向微动。骨盆旋转幅度应尽量大，以使腰、臂有酸胀感。

胃肠保健操
（二）

（1）游泳顺势

两脚开立，与肩同宽，两手握拳于腰部，拳心向上。① 身体左转45°，两拳变掌向前伸，两手前平举，掌心向上，同时两腿成弓步，呼气。② 两手内旋，手心向外，两臂向两侧分开后再收回至腰部，掌心向上，同时重心随之后移到右腿，屈膝，左腿伸直，脚跟着地，吸气。③～④ 同①～②，做2个8拍后身体向后转，再做2个8拍，还原成预备姿势。两臂向两侧分开时做较大的弧形划动。身体始终保持正直，不要前俯后仰；两臂内收时不要耸肩。

（2）腹背伸蹲

立正。① 两手体前交叉上举，抬头挺胸，两手分开经体侧下落，掌心向下，同时上体前屈，两手触脚。② 两手扶膝全蹲，自然调整呼吸。③ 伸直两腿。④ 还原成预备姿势。体前屈手触脚时，两腿伸直。扶膝下蹲时，不能起踵，尽量做到大腿小腿胸部紧靠。伸腿时，头与上体不要抬起。

（3）伸展运动

立正。① 低头含胸、双手握拳（拳心向上）于腰侧，同时屈膝提左腿，身体成弓形，呼气。② 左脚向后蹬直，脚跟用力，两拳伸开坦平向前斜上插掌，掌心相对，身体挺胸抬头，吸气。③ 两臂经体侧下落，掌心向下，抱左膝于体前，上体保持正直，呼气。④ 还原成预备姿势，吸气。⑤～⑧ 同①～④，但换右腿做。提腿的脚尖勾起。头、手臂、腿的动作互相配合。抬头、伸臂、伸腿后各部均有酸胀感。

（4）转体运手

丁字步站立，右手叉腰，四指朝前。① 左手掌旋外（眼看掌心）侧上举，抬头挺胸。② 上体右转前屈，并屈两膝，同时左臂旋外下落，手掌心向上绕，经右膝过左膝外侧还原成预备姿势。③～④ 同①～②，做两个8拍后再反方向做两个8拍。整个动作连贯，匀速。双眼始终注视掌心。手经膝下放时，不要过分低头；重心在腿上。

（5）屈膝运手

两足开立，稍宽于肩。① 两臂在腹前交叉上举。② 两臂经体侧下落至侧平举，掌心向上。③ 翻掌两臂内收，同时两腿缓慢屈膝，两手经膝下抱起（虎口成圆，掌心向内）至脸前。④ 两手翻掌上托，掌心向上，眼视虎口圆圈。⑤～⑧ 同①～④，但在做第⑤个动作时，两臂不要在腹前交叉上举，可直接做动作②。最后一拍还原成预备姿势。动作徐缓而连贯。两虎口成圆圈后，眼始终从圈中远望。两手分开时吸气，合收时呼气。

（6）放松调整

两脚开立，稍宽于肩。① 上体左转带动两臂，右掌心自然拍左胸，左掌背自然拍击右腰。② 动作方向相反。

胃下垂患者的保健操

（1）举臂运动

平卧位。两臂上举至水平位吸气；还原成预备姿势呼气。腹式深呼吸，动作要慢。

（2）抱膝运动

平卧位。两手抱膝；两腿上举，两手平放；两腿伸直慢慢放平。抱膝时动作要快，两腿上举时尽量垂直，平腿放平时动作要慢。

（3）蹬腿运动

平卧，两腿抬起，微屈。左腿伸直，右腿屈膝；右腿伸直，左腿屈膝。以上动作交替进行。动作要慢；腿伸直时与水平面夹角小于45°。

（4）胸腹运动

仰卧位，两手屈肘握拳置于胸部两侧。挺胸腹；还原成预备式。挺胸腹时，以肘、枕、足跟为支点，尽量挺起。

（5）体转运动

平卧位，两臂侧平举。上体左转，右臂左摆，拍左手掌；还原成预备式；动作方向相反，再做一次。下体保持不动，头不能上抬。

（6）收腹运动

平卧。收腹部，头足抬起，两手前平举；还原成预备式。头足抬起与水平夹角成30°，收腹时间每次持续5～10秒钟。

（7）卧起运动

平卧。两手上举；仰卧起坐；上体前倾；还原成预备式。两手上举（或置于头下），上体尽量前屈。

（8）摆腿运动

平卧位，两腿伸直抬起至30°。双腿向左摇摆，还原；双腿向右摇摆，还原。两腿伸直。同时摆动。

（9）腹背运动

俯卧位。头足抬起，两手后平举，如飞机状；还原。两腿伸直，头足尽量抬起，悬空时间每次持续5～10秒钟。

（10）俯屈运动

俯卧位，两手置于腰旁。两臂伸直，抬起上体；手膝跪撑，臀部后坐，还原成预备姿势。两手不动，动作要快。

胃下垂床上操以卧位腹肌锻炼为主，辅以适量的腰背肌锻炼和腹式呼吸。以下各节动作可按次序做，也可以选择其中几节锻炼，以后逐渐增加，由少到多。每组动作先做4~5遍，渐增至6~10遍左右。坚持早、晚各做1次，长期锻炼，可收到良好效果。

胃下垂患者的床上操

（1）平卧，休息片刻，作腹式呼吸，口呼鼻吸，呼时收腹，吸时鼓腹，一呼一吸，使腹壁随呼吸而起伏，以助内脏上移，练习时可在臀部垫一软枕。

（2）平卧，手臂向上直伸，然后分别向该侧下方拉开，最后收回。

（3）平卧，屈起左下肢，使足跟紧靠臀部，然后伸直，以后右腿照样动作。左右腿交替进行。

（4）平卧，屈起两肘，用肘关节着床支持上身重量，使胸部挺起。

（5）平卧，抬起右腿（膝部最好不要弯曲），尽量使大腿和躯干成直角，再放下。然后换左腿，轮流进行。

（6）平卧，抬起双腿，使两足在空中作蹬自行车的动作，一腿伸直，一腿弯曲，交替进行。

（7）平卧，两手交叉置脑后，两腿不动，然后缓慢坐起，开始时如坐不起，可用手略加协助，以后逐渐训练到不用手。

（8）平卧，屈起右腿，使大腿尽量贴近胸部和腹部放下，然后换左腿做同样动作。

（9）平卧，上肢外展90°，扭转上身（臀部最好不动），先使左掌心对准右掌心，回复原来位置，再以右手掌心对准左手掌心，轮流进行。

（10）平卧，屈起左腿，向空中踢出伸直再放下，然后换右腿，照样做。

便秘者的保健操

（1）床上操

此操主要是锻炼腹肌，患者仰卧，举起双足，使之能把双足在与身体成30°，持续1分钟，然后两脚用力反弹起身。以上动作可反复做十几次。

（2）引便操

打开双脚与肩同宽，放松肩部，上身前倾，用左手摸右脚趾。这个动作的重点是，膝盖要伸直，弯腰扭动身体。起身，双手撑腰，上身后仰，腹部尽量往前凸出。以后重复上述动作。双手交替摸双脚趾。

（3）足部屈伸操

从直立的姿势直接蹲下，双手撑地，后起身直立，反复几十次。可促进肠道运动，并且能健美。

冠心病防治操

（1）预备时保持身体直立，两臂自然下垂，两脚分开与肩同宽。

（2）两臂伸直经体前缓缓上举至肩平，掌心向下，同时吸气。然后还原成预备式，同时呼气，重复做8次。

（3）两臂屈肘于体侧，掌心向上，右手向前伸出，掌心转向下，再向外做平面划圈，同时右腿成弓步，然后掌心逐渐转向上回到预备式。如此左右交替进行10次。

（4）两臂由体侧举至头上，然后两手缓慢放于头顶百会穴，同时吸气，两手再由百会穴沿头经面部于身体前侧缓缓落下，反复进行10次，还原成预备式。

（5）左腿前跨成弓步，右腿在后伸直，身体前倾，两臂向前伸直。然后身体后倾，左腿伸直，右腿成后弓步，两臂向后拉，两肘屈曲，似摇橹。反复做8次。然后以右腿前跨成弓步，左腿在后伸直，再做摇橹动作。反复8次，还原成预备式。

（6）上体向左侧屈，右臂上提，同时吸气，还原时呼气。再上体向右侧屈，左臂上提，同时吸气，还原时呼气。交替进行8次。

（7）两臂平举展开，左腿屈曲提起，然后两臂与左腿同时放松下落成预备式。再两臂平举展开，右腿屈曲提起，然后同时落下。交替做8次，还原成预备式。

（8）右足向前跨出一步，身体重心随其前移，左足尖跷起同时两臂上举，掌心相对，展体吸气，然后还原呼气。再左足向前跨出一步，身体重心随其前移，右足尖跷起，同时两臂上举，掌心相对，展体吸气，然后还原呼气。交替进行8次，还原成预备式。

（9）左右腿交替屈曲上抬，做原地高抬腿踏步。操练2分钟后停止。

这套体操具有促进全身血液循环、改善冠状动脉血液供应、缓解心肌缺血缺氧、解除胸闷症状、提高心肺功能、预防心绞痛发作等功能。它适用于冠心病、心律不齐、高血压、高脂血症等患者及中老年人保健。

冠心病患者的健心操

（1）原地踏步

32 拍（步）。

（2）自然腹式呼吸

自然站立，两脚分开如肩宽，两臂自然下垂，两足趾如钩，紧抓地面，如落地生根，排除杂念，精神集中，想着脐部，然后做自然腹式呼吸，即吸气时腹部鼓出，肛门肌收缩，呼气时收腹，肛门放松连做4个回合，呼吸力求自然、轻柔、缓慢，用鼻吸鼻呼或鼻吸口呼。

（3）活血运动

自然站立，两足分开如肩宽，两臂侧平举，掌心略向前上方，想着脐部。呼气时，一臂在体侧慢慢下降，另一臂慢慢相应抬高，两臂始终保持一字形，身体保持正直，还原时自然吸气。再换方向做1次，共做4个回合。

（4）体外心脏按摩

两手掌心擦热，左臂略离开身体约与躯干成45°，中指微用力；右手掌心置左胸心前区，四指并拢，拇指分开，以鱼际部着力，呈顺时针方向柔缓做环形按摩，连续按摩32次。

（5）整律运动

两腿分开至肩宽，两臂前平举，掌心向下，吸气时两手紧握拳，中指尖叩紧掌心，拇指外包；呼气时手掌放开，如此进行8次。再两臂侧举，握拳吸气、放拳呼气8次。再两臂上举，握拳吸气、放拳呼气8次。再以两臂下垂，握拳吸气、放拳呼气8次。

（6）扩胸运动

两腿分开至肩宽，双臂肘关节自然向前屈曲，手部在胸前交叉，左手在上，右手在下，掌心向下，吸气时两肘关节缓慢向两侧后振扩胸，呼气时两臂再缓慢回到胸前的位置，进行4个回合。

（7）拍肩运动

两腿分开，腰膝微曲，右手掌拍左肩，左手背拍右腰，再以左手掌拍右肩，右手背拍左腰。进行8个回合。

（8）伸臂运动

两肘抬起并弯曲，两手握拳（拇指外包）至胸前，吸气时，两臂向前上方呈抛物线伸出，两手放开放松，呼气时收回。如此反复8次。

特别提醒：
　　①做心脏按摩时，切勿做逆时针方向按摩。②做整体运动时，握放拳速度以每分钟30次为宜，心动过速者适当放慢，心动过缓者适当加快。③拍肩运动时以腰带动两臂拍打，头部也随之转动。

高血压患者的保健操

（1）上肢运动

直立，两臂自然下垂。① 两臂前平举；② 两臂上举；③ 两臂侧平举；④ 还原成预备姿势。两臂始终要伸直。

（2）扩胸运动

直立，两臂自然下垂。① 两臂胸前平举后振，同时左脚向左侧出一步；② 上体向右转 90°，同时两臂侧平举后振，两脚不移动；③ 还原成①的姿势；④ 还原成预备姿势。上体转动时两腿必须伸直，两脚不能移动；后脚跟不能离地。

（3）提臂呼吸

分腿直立，与肩同宽，两臂自然下垂。① 两手掌心向上，两臂弯曲，逐渐上提至下颌处，同时吸气（用鼻吸气）；② 两手翻掌，掌心向下徐徐下按，同时用口呼气。动作要缓慢均匀，呼吸自然，节奏可按呼吸自由掌握，以感觉舒适为宜。

（4）踢腿运动

直立，两手叉腰。

前踢腿：① 左腿屈膝上提，同时绷紧脚面；② 向前下方踢左腿；③ 还原成①的姿势；④ 还原成预备姿势；⑤～⑧同①～④，但换成右腿做。

后踢腿：① 左腿屈膝向后踢；② 还原成预备姿势；③ 右腿屈膝向后踢；④ 还原成预备姿势；⑤～⑧同①～④。

内踢腿：① 左腿屈腿向内踢；② 还原成预备姿势；③ 右腿屈膝向内踢；④ 还原成预备姿势；⑤～⑧同①～④。

外踢腿：① 左腿屈膝向左外侧踢；② 还原成预备姿势；③ 右腿屈膝向右外侧踢；④ 还原成预备姿势；⑤～⑧同①～④。

注意：踢腿时上体要保持直立不动。

（5）摆动呼吸

左臂胸前平举，右臂侧平举，分腿直立。① 吸气时，重心向左移，左腿弯曲，同时两臂经下向左上方摆至左臂斜上举，右臂胸前平屈，左腿伸直重心落于左腿，右腿伸直，脚尖点地；② 同①，但方向相反。

（6）体侧屈呼吸

分腿站立，两臂自然下垂。① 吸气时上体左侧屈，同时右臂屈肘，右手沿身体右侧上提；② 呼气时还原成预备姿势；③～④同①～②，但换方向做。体侧屈时身体不能扭转。

（7）马步呼吸

分腿直立，稍宽于肩，两臂自然下垂。① 吸气时两臂弯曲上提，两手掌心向上，再逐渐伸直上举；② 呼气时双手翻掌，掌心向外，两臂经侧平举下落，同时两腿逐渐弯曲成半蹲；③ 再吸气时两臂弯曲上提，两手掌心向上，再逐渐伸直上举，同时两腿逐渐伸直；④ 还原成预备姿势。动作要缓慢，节奏可自由掌握。

（8）弓步击掌

分腿直立，稍宽于肩，两臂屈肘握拳于腰侧。拳心向上。① 上体向左转45°，面向左前方成弓步。同时右手立掌（手指向上）向前方推出，左手握拳于腰侧；② 还原成预备姿势；③ 同①，但方向相反；④ 还原成预备姿势。手掌推出时上体要保持直立，后腿伸直。

（9）上托下按

两臂屈肘于胸前，掌心相对（左手在上，右手在下），两手相距30厘米左右，拇指和其他4指微微分开。分腿直立，稍宽于肩。① 右手向上穿掌至右臂上举成托掌，同时左手向下按掌至后下按（指尖向左，上体保持直立），同时屈右膝向右移动重心成右弓步；② 同①，但左右相反。两臂要尽量伸直，上托下按时要向两头撑开。

（10）立位呼吸

直立，两臂自然下垂。① 提起脚跟同时呼气；② 脚跟放下同时呼气。吸气要缓慢自如，呼气要自然。

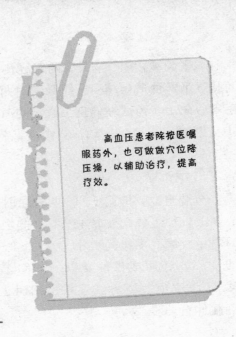

高血压患者除按医嘱服药外，也可做做穴位降压操，以辅助治疗，提高疗效。

穴位降压操

（1）预备动作

自然坐或站，两眼正视前方，沉肩坠肘，含胸拔背，调息，意存足心，全身肌肉放松，呼吸采用鼻吸口呼法。

（2）按揉太阳穴

以左右示指紧贴眉梢与外眼角中间向后约1寸的太阳穴，从轻到重，顺时针、逆时针各旋揉16次。具有疏风清脑、明目、止头痛的功效。

（3）按摩百会

用左或右掌，紧贴百会穴，按摩方法是顺时针、逆时针各旋揉16次。具有平肝息风、宁神清脑的功效。

（4）按揉风池

以双手拇指揉按双侧风池穴，从轻到重，顺时针、逆时针方向各16次。具有安神、醒脑、除烦的功效。

（5）摩头清脑

两手五指自然分开，用小鱼际从前额向耳后分别成弧线按摩32次。具有宁神醒脑、平肝息风、舒筋通络的功效。

（6）擦颈降压

先用左手大鱼际抹擦右颈部胸锁乳突肌16次，再换右手抹擦左颈部胸锁乳突肌16次。具有宁神止痛、平肝息风的功效。

（7）揉曲降压

用左右手先后按揉肘关节、屈肘横纹尽处的曲池穴，从轻到重，顺时针、逆时针各揉16次。具有平肝息风、舒筋通络的功效。

（8）按揉内关

先用右手大拇指揉左内关穴，后用左手按右内关穴，从轻到重，顺时针、逆时针各揉16次。具有舒心宽胸的功效。

（9）导血下行

用左、右手拇指揉按左、右小腿足三里穴，顺时针、逆时针方向各揉32次。具有健脾和胃、安神健脑、导血下行的功效。

（10）扩胸调气

站立，双手下垂放松，手握空拳，屈肘提肩向后扩胸，同时左腿屈膝提起，还原时足落地。如此反复做16次。具有舒心、宽胸、理气的功效。

特别提醒：
①要掌握动作，认真按摩，每天2~3遍，持之以恒；②穴位准确，轻重适当，局部有酸胀感为宜；③早、晚各做1次，过饥过饱不可立即做操。

三段降压操

（1）扭腰晃臂

两脚平行站立，距离与肩同宽，姿势半蹲，腰和肩、肘等关节放松。缓慢自然地扭腰晃臂。呼吸自然，腰臂晃动不拘姿势，但宜轻柔、有节奏，要求做到上虚（上半身、肩、腰应重点放松）和下实（身体重心下移，移至两脚下）。

（2）深呼吸

两脚分开站立同肩宽，两臂自然下垂。两臂由体侧慢慢上举过头，同时抬起两脚跟，深呼气。两臂由体侧缓缓下落，脚跟亦着地，同时深呼气。如此举吸落呼，重复8～10次。

（3）举臂侧弯

站立，两脚分开同肩宽，两臂自然下垂。两臂侧平举，然后上半身轻松缓慢地向左、右侧弯，两臂动作随身体左右侧弯而上下互换。如此做8～10次。年龄稍大或体力较弱者，此节可不做。

此套健身操可平衡大脑皮质的兴奋与抑制，能改善中枢神经对血管运动的调节，从而使血压逐渐恢复正常；并能调节机体血液循环，消除高血压引起的头痛、头晕等症状，可改善病人情绪，利于患者树立战胜疾病的信心。

高血压患者的健身操

（1）两手擦热，擦面数次，然后自额前如梳头状向脑后按摩数次，再向前额两侧额部向后至枕部，然后沿颈后向下再至颈前，向下按摩至前胸，如此反复按摩20次左右。

（2）身体自然站立，两臂前后自然放松摆动100次。

（3）自然站立，左脚向左前方出一步，脚跟着地成左虚步，同时两手半握拳至胸前，重心前移成左弓步，同时两臂经前上方成弧形向前下方划下，眼看左手，身体重心再后移成左虚步，同时两臂经前上方画弧收回胸前，连做 10 次后，换右脚做 10 次。

（4）两脚自然开立，左臂前举，右臂侧举，然后左臂经下向外绕环至前举，右臂经下向内绕环至侧举为 1 次，连做 10 次。两手臂互换姿势做绕环动作，连做 10 次。

（5）左脚向前跨一步，两手上提至胸前平屈，继续上提并翻掌成上举，然后两腿慢慢下蹲，同时两臂由体侧下落至体前，手指相对，掌心向上。身体慢慢直立，两臂上提并翻掌成上举，反复做 4～5 次。换右脚在前做 4～5 次。双手上提时吸气，下落时呼气。

（6）两脚自然开立，两手半握拳由下向上同时捶击后腰背 5～8 次，边捶上体边向前倾约 45°，两拳再由上到下捶击后腰背 5～8 次，边捶上体边向后仰。

（7）两脚自然开立，上体右转，两臂屈肘，左掌心在心前区拍打，右手背在后心区拍打；再上体左转，右掌心在心前区，左手背在后心区拍打，连续拍打 10～15 次。

注意：
　　① 一期高血压病患者做操时应加强自我监护，一旦出现胸闷、心慌、头晕等不适，应立即停止锻炼。② 高血压病患者不宜做低头过度的运动，因过度低头会使大脑血管急骤充血、血压增高，加重头痛、头晕等症状，甚至会出现脑血管意外。③ 在做操时，全身要放松，不要过分用力。放松性的、节奏较慢的以及运动量较少的运动，有较明显的降压效果。

高脂血症患者进行保健操锻炼的量应根据个人体力情况而定，开始时次数应少些，以后逐渐增加次数。做操的同时，还应控制好饮食，控制热量摄入，增加能量消耗，以争取获得满意的降脂效果。

高脂血症患者的
降脂保健操

（1）转体

　　两脚开立，两手叉腰，上体向左转动至最大限度，还原。再向右转动。连续转体40～50次。

（2）摸脚

　　两脚开立与肩宽，上体前屈，两臂侧伸展，与地面平行，转肩左手摸右脚外侧，右手摸左脚外侧，快速重复 20 次。

（3）蹲起

两脚开立与肩宽，下蹲，膝关节尽量屈曲，起立再下蹲，连续做 30 次。

（4）仰卧起坐

仰卧位，两手上举向前，带动身体向上坐起，还原，再坐起。连做 30～40 次。

（5）对墙卧撑

面对墙站立，距墙 80 厘米左右，两手贴墙做双臂屈伸练习，连做 30～40 次。

（6）原地抬高腿

连做 30～40 次。

糖尿病患者的保健操

（1）扩胸运动

两臂置胸前屈肘，掌心向下。两臂经前向后摆动，还原成立正姿势。如此算 1 次，共做 8 次。

（2）振臂运动

左臂上举，同时右臂向后摆动，左臂经前向下，向后摆动，同时右臂经前向上举。如此上下振臂16次。

（3）踢腿运动

两手叉腰。左脚前踢，与上体约成 90°，左腿还原。右腿前踢，与上体约成 90°，右腿还原。左右腿交替踢腿 16 次。

（4）体侧运动

左脚侧出一步，脚尖点地，同时两臂侧举。左臂弯曲至背后，前臂贴于腰际；同时右臂上举，身体向左侧屈 2 次，还原。出右脚，换相反方向做，动作相同。共做 8 次。

（5）腹背运动

两臂经体前上举，掌心向前，抬头，体后屈。体前屈，手指尽量触地。上体伸直，屈膝半蹲，同时两臂前举，掌心向下。腿伸直，两臂还原成直立。连续做 16 次。

（6）原地跳跃

两脚跳成开立，同时两臂侧面举。两脚跳成并立，同时两手叉腰。连续跳 16 次。

（7）原地踏步

两臂自然放松，随踏步做前后摆动。连续踏步 20 次左右。

骨质疏松症
患者的保健操

卧位操：

（1）患者仰卧位，上肢上举，置于头部两侧，尽力将上肢向上，下肢向下做伸展动作，同时腹部回收，背肌用力伸展。

（2）双下肢屈曲，背肌伸展，一侧上肢摆正到与躯干呈垂直的位置，然后向床面方向用力按压。

（3）双手抱膝，背肌伸展，双腿靠近胸部。

（4）仰卧位，双下肢屈曲，肩关节外展90°，肘关节屈曲90°，用上臂向床面用力按压。

（5）仰卧位，背肌伸展，做一侧膝关节的屈伸动作。

（6）仰卧位，背肌、腹肌、大腿肌肉收缩，背肌伸展。两手、两膝用力向床面按压。

立位操：

（1）患者背部靠墙呈立位，上肢上举，尽力做背伸动作。

（2）面对墙站立，双脚前后略分开，双侧上肢平举与肩同高，背肌伸展，上肢用力推墙。

（3）双手扶木椅靠背，上身保持正直，背肌伸展，完成膝关节轻度屈曲动作。

注意运动时的自我保护，避免用力过猛，运动量以患者能承受为准。

注意要做好自我保护，防止锻炼时损伤，锻炼时应防止跌倒；严重的要配戴矫形器，或腰围固定；运动量应以自己能承受为度。

甲亢患者的
五脏补泻操

（1）肝脏补泻法

　　盘腿而坐，两手掌分别轻按于两侧大腿上，指尖相对；吸气时，上身缓缓转向左侧，目视左后方，右掌顺势搭于左手背，右肘尖向前助力并尽量张开右胁；稍停后缓缓呼气，上身随之回转，右掌回置右腿，恢复原坐势。然后再吸气，上身缓缓转向右侧，目视右后方，左掌顺势搭于右手背，左肘尖向前用力并尽量张开左胁，稍停后缓缓呼气，上身随之回转，左掌回置左腿，恢复原坐势，再两臂前平举，掌心相对，略停后曲肘，两手十指交叉贴按前胸；略停，翻掌向前推出，同时呼气，稍停，再覆掌徐徐回按胸部并吸气，如此反复3～5次。

（2）心脏补泻法

　　盘腿而坐，两手握拳置腰间，拳心向上；先以左拳向前平击，拳心转向下，并配合吸气；稍停后吸，左拳随之慢慢收回腰间；然后右拳如法平击，左右各交替5～6次；恢复原坐势，两拳松开坦平用掌面分按两侧腹股沟处，十指相对；吸气，左手翻掌如托重物向上推举，指尖向右，肘微屈，目视右掌背；稍停，左手慢慢收回原处，同时吸气，返掌复原；然后，右手如法上举，左右交替各5~6次；大坐式，吸气之极后闭气不息，两手十指交叉，抬左脚踏两手掌，使左腿与两臂拮抗；闭气极，缓缓吐气，放开手脚，恢复原坐势；再如法抬右脚踏两手掌，使腿与两臂拮抗，左右交替各5~6次。上三式练毕，闭目盘坐，舌舐上腭，至津液满口，咽下津液，重复3次。

（3）脾脏补泻法

大坐式，先左腿屈膝拱起，两手抱左小腿用力向后拉，使左腿膝贴近胸部；同时右腿呈蹬伸势；稍停后放开，恢复原坐式；再换右小腿如法操练，左右交替3~5次；再取跪坐式，俯身两手按地，抬头扭颈向左后方缓缓转动，两眼随之向左后方瞪视；转至极限，稍停，慢慢回转，如法向右转颈后视，左右交替3~5次。

（4）肺脏补泻法

大坐式，两手按臀侧，俯身屈背，同时呼气，稍停后挺直身躯，同时吸气，如此3~4次。接上式，闭气，两手握拳，先左后右交替甩击后背各3~5次。上两式练毕，闭目盘坐，舌舐上腭，待津液满口后，咽下津液，如此3遍。

（5）肾脏补泻法

盘腿而坐，两手掌按在大腿上，指尖相对，先左手翻掌，手臂外展如托重物上举，拔伸腰胁，同时吸气，然后还原，同时呼气，如此法再右手翻掌，手臂外展上举，左右交替进行3～5次；接上式，两手分按两侧膝顶，先向左扭腰后转，左手顺势挽右肘以助之；稍停后腰身回转，左手回置左膝，恢复原坐式；如法向右扭腰后转，左右交替各3～5次。然后起立，成自然站式，左脚向前踏一步，右脚跟上一步与左脚平行；左脚后退一步，右脚跟后一步，回到原处，如此前后踏步数十次而止。

失眠患者的助眠操

（1）立正，两臂前平举。第一步：深吸气，最后屏息，两臂尽量伸直；双手握拳，使肌肉紧张起来。口中数数直到两臂颤抖，默念："紧张起来了"。第二步：呼气，上体前倾，下垂双臂来回摆动，肌肉放松。默念："放松了"。

（2）立正，两臂屈肘侧平举，双手握拳于胸前。第一步：双臂、肩带及面部肌肉紧张。默念："紧张起来了"。第二步：身体前俯，双臂垂直下垂，双手交叠。默念："放松了"。

（3）提踵站立，双臂上举，双手相握。第一步：深吸气，全身肌肉紧张，数数，直到肌肉颤抖。默念："紧张起来了"。第二步：呼气，深蹲，头自然前倾，双臂放松。默念："放松了"。

（4）坐姿，双手置于膝上。第一步：深吸气。双手用力压大腿，双腿用力压地面。肌肉紧张，数数，一直数到颤抖。默念："紧张起来了"。第二步：呼气，放松。默念："放松了"。

（5）仰卧。屈髋，屈膝，大腿靠向腹部，双手抱膝。第一步：吸气，抬头，紧张，数数。默念："紧张起来了"。第二步：呼气，放松，放下两腿伸直身体。充分体会肌肉疲劳后放松的愉快感。默念："放松了"。

（6）坐姿，一手放在太阳穴处，头靠着手直到颈部肌肉疲劳。然后放松，同时用手按摩颈部。

（7）收颌，使面部肌肉紧张，然后放松，按摩面部。

做完操后，会感到心神安宁，并有嗜睡感，此时，可以做入眠前的准备。

失眠患者的
睡前保健操

睡前保健操可防衰老、通血脉、助睡眠。具体做法如下：

（1）指甲端摩头

即两手示指、中指、环指弯曲成45°，用指甲端以每秒钟8次的速度往返按摩头皮50秒钟，可加强供血，增强血液循环，加速入眠。

（2）双掌搓耳

即两掌拇指侧紧贴前耳下端，自下而上，由前向后，用力搓摩双耳50秒钟。可疏通经脉、清热安神，防止听力退化。

（3）双掌搓面

即两手掌面紧贴面部，以每秒钟2次的速度用力搓面部所有部位50秒钟，可疏通头面经脉，助眠防皱。

（4）搓摩颈肩

即两手掌以每秒钟2次的速度用力交替搓摩颈肩肌肉群，重点在颈后脊两侧50秒钟，可缓解疲劳，预防颈肩病变。

(5)推摩胸背

即两手掌面拇指侧，以每秒钟2次的速度，自上而下用力推摩后背和前胸，重点在前胸和后腰部，约50秒钟，可强心、健腰、疏通脏腑经脉。

(6)掌推双腿

即两手相对，紧贴下肢上端，以每秒钟1次的频率，由上而下顺推下肢50秒钟，再以此方法顺推另一下肢50秒钟，此法可解除下肢疲劳，疏通足六经脉。

(7)交换搓脚

即右脚掌心搓摩左脚背所有部位，再用左脚心搓摩右脚背所有部位。然后用右脚跟搓摩左脚心，再用左脚跟搓摩右脚心，约50秒钟。此法可消除双足疲劳，贯通气血经脉。

(8)叠掌摩腹

即两掌重叠紧贴腹部以每秒钟1～2次的速度，持续环摩腹部所有部位，重点是脐部及其周围，约50秒钟。此法可强健脾胃，促进消化吸收。

睡前保健操如长期坚持，可促进周身代谢，对防病益寿有积极的促进作用。施法时需闭目静脑，心绪宁静，舌尖轻顶上腭，肢体充分放松，前7法可采用坐位操作，最后一法可仰卧操作。施用8法应紧贴皮肤操作，渗透力越强效果越好。

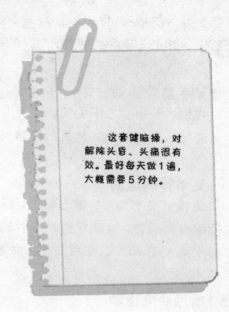

这套健脑操，对解除头昏、头痛很有效。最好每天做1遍，大概需要5分钟。

头痛患者的
5分钟健脑操

（1）上下耸肩运动

　　两足分开而立，约与肩宽，两肩尽量上提，使脑袋贴在两肩头之间，稍停片刻，肩头突然下落。做8遍。

（2）背后举臂运动

　　两臂交叉并伸直于后，随即用力上举，状似用肩胛骨上推头的根部,保持2～3秒钟后,两臂猛地落下,像要撞到腰上(实际也可撞上)。做8遍。

(3)叉手前伸运动

屈肘,五指交叉于胸前,两手迅猛前伸,同时迅速向前低头,使头夹在伸直的两臂之间。做8遍。

(4)叉手转肩运动

五指交叉于胸前,掌心朝下,尽量左右转肩。头必须跟着向后转,注意保持开始时的姿势,转动幅度要等于或大于90°。左右交替,做8遍。

(5)前后曲肩运动

先使两肩尽量向后弯曲,状如两肩胛骨要碰到一起似的。接着用力让两肩向前弯曲,如同两肩会在胸前闭合似的,并使两只手背靠在一起。做8遍。

(6)前后转肩运动

曲肘、呈直角,旋转肩部,先由前向后,再从后向前,做8遍。

慢性疲劳综合征患者的手掌保健操

（1）从拇指根旋转，将拇指转360°，其他四指不动，拇指尖转的幅度应尽量大些，并充分转动拇指根部，分别向内外两个方向交替旋转，每次大约转1分钟。

（2）双手互为伙伴，紧紧相握，以一手的拇指用力抓住另一手的小鱼际，并要将左右手交替放在上方。

（3）用吹风机的热风吹一下手掌，直到感到发热为止。先用热风反复吹6~7次，再用冷风吹3次，并用同样方法刺激手背，使周身感到温暖为度。

（4）手背的阳池和中渚穴是治疗全身疲劳感有效的穴位，用手指按压这两个穴位; 按压手掌的手心区，胃、脾、大肠区和健理三针区（位于掌心间略微靠下方）三个区带，用拳头叩击整个手掌，或按压整个手掌，可使身心舒畅、解乏提神。

用脑过多的人，容易使脑部氧气不足，造成头脑昏沉，尤其到了下午，更显得精神不济，注意力无法集中。此时可做做脑保健操，可活化脑部功能，提高注意力和思考能力。

慢性疲劳综合征患者的脑保健操

（1）用双掌轻揉太阳穴。

（2）双手置于后脑，一边吸气，一边头慢慢向前弯；接着一边吐气，一边把头慢慢向后仰。

（3）双手置于后脑，做上下揉搓及按压的动作。

（4）双手交握，相互交叉，采用右手大拇指在上及左手大拇指在下的动作，交替进行。

（5）指根交叉，用力紧压手指3～5秒钟，放松后再交叉，反复数回。

（6）脚底紧贴地面，上半身放松，然后双手手掌朝下，做前后摆动状。

视疲劳者的眼保健操

（1）按摩睛明穴

穴位在眼眶骨内缘，内眼角外1分处。用大拇指与示指压住穴位按摩32次。

（2）按摩攒竹穴

穴位在眉头边缘，入眉头约1分处。以示、中、环指抱住头部，用双手拇指压住穴位按摩32次。

（3）按摩瞳子髎

穴位在目外眦角外侧约5分处凹陷中。以大拇指按在腮部，用双手示指压住穴位按摩32次。

（4）按摩承泣穴

穴位在瞳孔直下方，眼眶下缘与眼睑交界处。以大拇指按在颊车穴，用双手示指压住穴位按摩32次。

（5）按摩目窗穴

穴位在瞳孔直上入发际处。以大拇指按在太阳穴，用双手示指压住目窗穴，按摩32次。

（6）浴眼

用双手示、中指指面贴在上下眼皮上，做按摩

16 次。

（7）按摩风池穴

穴位在枕骨下，脖子后大筋两旁头发边凹陷处。以四指抱在头部两侧，双手拇指按压穴位，按摩32次。

（8）揉耳

用双手拇指与示指轻轻捏住耳垂，拇指在后，示指在前，做按摩 32 次。

（9）干浴脸

将两手心搓热后即贴脸，中指从迎香穴沿鼻梁两侧向上推，经太阳穴、头维穴、风池穴下来，做循环摩擦32次。

（10）按摩合谷穴

穴位在手背面第一二掌骨间，以自己拇指关节横纹对着另一手虎口边上，拇指压虎口上，在拇指尖到达点稍偏示指侧的地方。用拇指尖交换压住穴位按摩32次。

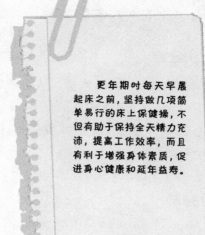

更年期时每天早晨起床之前，坚持做几项简单易行的床上保健操，不但有助于保持全天精力充沛，提高工作效率，而且有利于增强身体素质，促进身心健康和延年益寿。

更年期综合征患者的床上保健操

（1）搓脸

早晨睁开惺忪眼之后，很多人习惯用手背揉揉眼皮，这对清醒头脑有一定益处。揉眼后不妨再捂手搓搓脸。先用双手中指同时揉擦两个鼻孔旁的迎香穴数次，然后上行搓到额头，再向两侧分开，沿两颊下行搓到颏尖汇合。如此反复搓脸30次，有促进面部血液循环、增强面部肌肤抗风寒能力，有醒脑和预防感冒之功。天长日久，还有减少面部皱纹的功效。

（2）梳头

坐在床上，十指代梳。从前额梳到枕部，从两侧耳部梳到头顶，反复指梳。可改善头部发根的血液营养供应，减少脱发，促进头发乌亮，并有醒脑爽神、降低血压的功效。

（3）弹脑

坐在床上，两手掌心分别按紧两侧耳朵。用三指（示指、中指和环指）轻轻弹击后脑壳，可闻及咚咚响声。每晨弹3～5下，有防头晕、强听力和治疗耳鸣的作用。

（4）转眼

运转眼球，先左右，后上下，各慢慢转动10次。有提高视神经的灵活性、增强视力和减少眼疾之功效。

（5）叩齿

轻闭嘴唇，上下牙齿互相叩击数十次，间宜旋舌，以舌尖舐上腭数次。能促进口腔、牙齿、牙床和牙龈的血液循环，增加唾液分泌，从而收到清除污垢、提高牙齿抗龋能力和咀嚼功能的作用。

（6）挺腹

平卧，伸直双腿，作腹式深呼吸。深吸气时，腹部有力地向上挺起，呼气时松下。反复挺腹10～20次，可增强腹肌弹性和力量，预防腹壁肌肉松弛及脂肪积聚腹内，并有健胃助消化之功效。

（7）提肛

聚精会神用力做提肛门动作，每次放松10秒钟再进行下一次，如此反复10余次。有增强肛门括约肌力量，改善肛周血液循环，预防脱肛、痔疮之功。

（8）猫身

趴在床上，撑开双手，伸直合拢双腿，翘起臀部，像猫儿拱起脊梁那样用力拱拱腰，再放下高翘的臀部。如此反复10余次，可锻炼腰背、四肢的肌肉和关节，促进全身气血流畅，并有防治腰酸背痛之功。

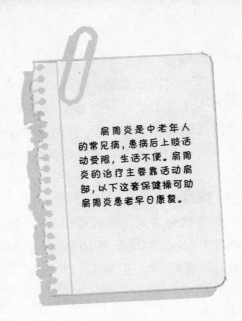

肩周炎是中老年人的常见病，患病后上肢活动受限，生活不便。肩周炎的治疗主要靠活动肩部，以下这套保健操可助肩周炎患者早日康复。

肩周炎患者的保健操

（1）揉肩

直立，全身放松，以右手置于左肩部，轻揉20~30次。然后将左手置于右肩部，轻揉20~30次。揉肩可以使肩部气血疏通，起到行气血、通经络的作用。如按揉后，肩部感觉微微发热，则效果更好。

（2）划圈

两肩放松，屈肘，两手分别置于同侧两肩，两臂以肩为轴心而划圈。先划小圈，再逐渐增大，每次划圈 20 个，顺时针方向做 10 个，逆时针方向做 20 个。

（3）前后摆臂

正立，双臂自然下垂，调匀呼吸。当吸气时，两臂逐渐向前平伸、上举，手要尽量举高，达到可能达到的最高处；接着呼气，同时两臂放下，并向身后摆动，后摆时，手臂尽量后伸，并连续摆动 10～15 次。

（4）双手划圆

两脚开立，与肩同宽，两臂下垂，呼吸调匀。先两腿屈膝，左手自左股部经小腹、胸前，向上向左划圈，腰也随之左转，身体重心渐渐移至左脚。然后右手自右股部经小腹、胸前向右划圆，腰也随之右转，身体重心渐渐移至右脚。如此反复做 20～30 次。注意双手划圆时，动作尽量大一些，以腰为轴，左右转动。

（5）手指爬墙

面墙而立，两脚开立与肩同宽，用手指爬墙，自下而上，直至手指能达到的最高处为止。如此反复 5～10 次。有肩周炎一类疾病的人，往往爬到高处时，肩部疼痛，但只要还能向上爬，就应该尽量向上，这样才能逐渐收到效果。

患肩周炎时，往往颈部酸痛而影响头的前后左右摆动，此时可进行颈部操锻炼，以减轻酸痛症状，促进肩周炎康复。

肩周炎患者颈部操

（1）立正姿势站好，挺直身体，昂头而双目平视；背靠墙，头后部与臀部微微触墙。

（2）前后摆动颈部，先颈向前弯，以下颌能碰到前胸为宜；再颈部向后仰，以双目能看到天花板为宜。前弯后仰为1个动作，共做10次。在前后摆动的过程中，若颈部或肩关节痛得厉害时，则不要勉强为之，应在尽可能的范围内摆动，逐步适应后再加大摆动幅度。

（3）左右活动颈部，头轻缓地向左侧倒下，回复原位后再向右侧倒下，这样来回轻松自如地摇动。如有可能，左右耳垂以碰到左右肩峰为宜。左右活动完成后为1个动作，共做10次。活动疼痛时则不必勉强，以能忍受为度。

（4）头向左右转，头先向左转，下颌横向转到左肩附近为止；恢复原位后再向右转，下颌横向转到右肩附近为止。动作要舒缓，不能勉强为之，左右均转到位为1个动作，共做10次。

（5）头绕圈，头首先自右向左绕一圈，然后自左向右绕圈，此为1个动作，这样轮换操作共10次。动作要轻松缓慢，不可勉强；老年人和病情较重的颈椎病患者慎做此动作。

肩周炎患者肩周操

（1）耸肩膀

两胳膊自然下垂，两肩反复做上耸和下降的活动；完成上耸和下降为 1 个动作，共做 10 次。

（2）旋转肩膀

做类似跑步时大幅度旋转肩膀一样的动作，前后旋转两侧肩膀各 5 次，以松弛肩关节。

（3）前后振臂

两臂由前方上举过头部，然后恢复原位，并顺势向后摆动约 45°；振臂时，全身放松，两臂平行，掌心相对，头自然随着摆臂而前低后仰；向后摆动时，以感到稍微有点吃力的程度为宜。向上举与向后摆动为 1 个动作，共做 10 次。

（4）交叉伸臂

将两臂在腹前交叉，然后分别从左右两侧上举到头上交叉，同时，头尽量向上仰起，两臂随即放下。上下交叉为 1 个动作，共做 10 次。

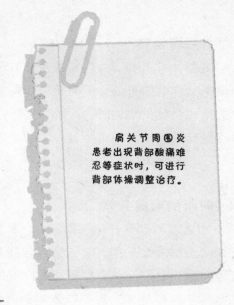

肩关节周围炎患者出现背部酸痛难忍等症状时，可进行背部体操调整治疗。

肩周炎患者背部操

（1）水平张开双臂

患者立正站立，向正前方抬起两臂，再横向水平张开；两臂在身体两侧平抬数秒钟，然后放下；注意手臂不要往下垂，做到完全张开，共做 10 次。

（2）四周旋转胳膊

两手臂前转、后转进行交替摇动，慢慢适应后两臂像画大圆圈那样转动，共做 10 次。

（3）前后弯身体

两膝关节伸直，向前弯曲身体，双手指尖能达到地面则治疗效果最好，但不要过于勉强，以自身能达到的范围为度；然后抬起上身，两臂贴头向上伸直，身体尽量向后弯曲，以力所能及为度。前弯、后曲为1个动作，共做10次。

（4）向两侧弯曲身体

站立后两脚分开与肩同宽，左手叉在左腰部；右臂纵向上举紧贴头部，向左侧方向倒右臂和身体；恢复原位后，右手叉在右腰部，抬左臂贴头部，向右侧方向倒左臂和身体。向左右各弯曲身体1次为1个动作，共做10次。注意身体不要向前倒。

（5）横向扭转身体

两臂分别在左右两侧水平抬起，然后慢慢地左右横向摆动胳膊、扭转身体，直到能把脸转向正后方。向左向右交互扭转1次为1个动作，共做10次。

（6）四周转身体

站立，两脚张开与两肩同宽，两臂抬高伸直，紧贴头的两侧，上身像在空中画大圆圈一样旋转，向左向右交换转动1次为1个动作，共做5次。老年人做此动作要谨慎，以免失去平衡而摔倒。

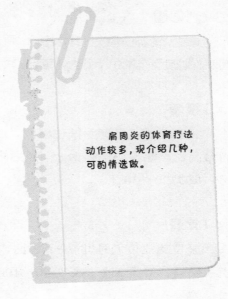

肩周炎的体育疗法动作较多，现介绍几种，可酌情选做。

老年肩周炎
患者保健操

（1）甩手

站立，两脚同肩宽，两臂轻轻前后摆，并逐渐增大摆动幅度，每天早、晚各 1 次，每次 50～100 下。

（2）捞物

站立，两脚同肩宽，上身向前弯，患侧前臂向下做捞物动作，每天早、晚各 1 次，每次 30～50 下。

（3）划圆圈

站立，两脚同肩宽，身体不动，两臂分别由前向后划圆圈，划圆圈范围由小到大，每天2次，每次50～100下。

（4）摸墙

站在墙根，患侧手扶住墙壁，由低向高摸，直摸到最高点不能再向上摸为止，然后把手放下，反复练习，每次20～30下。

（5）耸肩

坐位或立位均可，肘关节屈曲成90°，两肩耸动，由弱到强，每天2次，每次50～100下。

（6）冲天炮

立位或坐位均可，两手互握拳，先放在头顶上方，然后逐渐伸直两臂，使两手向头顶上方伸展，直到最大限度，每次30～50下。

（7）展翅

站立，两脚同肩宽，两臂伸向两侧抬起（外展）与身体成90°，两臂展开后停5～10秒钟再放下，每天做30～50次。

（8）摸颈

坐位或立位均可，两手交替摸颈的后部，每天2次，每次50～100下。

体操棍棒可到市场上购买，也可自己动手制作。即将一根直径为2厘米左右、长为1米左右的木棍削圆，光滑不扎手，漆上颜色便成为体操棍棒。运用体操棍棒，可做跳障碍、扔棍、接棍、身体平衡及抬棍、举棍等各种动作，还可以变化成呈蹲姿、坐姿、跪姿等各种姿势，并逐渐加大动作的难度，锻炼各关节的功能，尤其是肩关节功能。通过棍棒操的健身运动，可以增强人体各功能的协调性、灵敏性和灵巧性，并能增大肩关节的活动范围，加强肌肉、韧带及各相关肌群的力量，有助于肩周炎的预防、治疗和康复。

肩周炎患者棍棒操

（1）直立姿势，一手叉腰，一手持体操棍的中部从体侧直臂上举至平；然后，持棍手腕摆动，做直臂上举手腕转棍动作。两手交替做数次。

（2）右腿屈膝，左腿伸直呈侧向弓箭步；右手持体操棍一端，棍自然下垂，左手体侧举；右手持棍做体侧直臂肩绕环动作。两手交替做数次。

（3）直立姿势，一手叉腰，一手持体操棍中部，手臂伸直前平举；然后，正面旋转体操棍。此动作也可以手臂侧平举做。两手交替做数次。

（4）直立姿势，一手叉腰，一手持棍端；然后，由直臂侧下举开始，有节奏地做侧平举、斜上举、上举动作。两手交替做数次。

（5）直立姿势，两手正握体操棍两端，伸直两臂垂于体前；然后，两手持棍直臂上举，举至头上时向后振臂，尽量使棍远离肩部，反复操练数次。

（6）两脚开立与肩同宽，两手握住体操棍一端，另一端立在地上；屈体，两手压在垂直棍上端做直臂的上下压肩动作，反复操练数次。

（7）直立姿势，两手握住体操棍两端，直臂垂于体前；抬臂屈肘将棍举至肩平，随即再继续上举使手臂充分伸直，然后还原位。反复操练数次。

（8）直立姿势，两手握在体操棍中段，握距同肩宽，两臂伸直垂于体前；然后，两臂上摆，两手将体操棍向上抛起，随即两臂前平举将棍接住后还原位。反复操练数次。

（9）一人仰卧，两手正握棍，握距宽于肩，屈臂上举；另一人站立于仰卧者头顶侧位置，两手在上面同时握棍；仰卧者连续做臂屈伸的收推动作。此练习每组动作做 6～8 次，共做 4 组。

（10）两人相对站立，相距 4 米左右，相互做抛接体操棍的动作。反复操练数次。

（11）两脚开立，两臂上举，双手正握体操棍，握距与肩同宽；在身体正直不动的姿势中，两手带动臂和肩，将棍向左摆动，呈左交叉臂姿势；随即将棍向右摆动，呈右交叉臂姿势。连续操练数次。

（12）两脚开立,两臂肘部夹住体操棍置于体后;双脚不动,做左右转体动作。连续操练数次。

（13）两脚开立,两臂肘部夹住体操棍置于体后;连续做体后伸展和身体向前屈动作。反复操练数次。

（14）两脚开立,右手持体操棍端,两手侧平举;然后,身体向左侧屈至最大限度,同时右手向上向左侧举,左手臂从前向右自然摆动;还原后重复做。两臂交替进行操练。

（15）两脚开立,左手直臂上举握体操棍上端,右手直臂下垂握体操棍下端;然后,身体向右侧屈体至最大限度;稍停后,左手下垂握体操棍下端,右手上举握体操棍上端,身体向左侧屈至最大限度。连续操练数次。

（16）仰卧,两手正握体操棍,握距与肩同宽,两臂伸直前上举;然后收腹单腿上举靠至体操棍。两腿交替连续做数次。

（17）仰卧,两手正握体操棍,握距与肩同宽,两臂上举;然后收腹举双腿,同时两臂前平举,屈膝将腿从横棍下穿过呈肩肘倒立;稍停后按反方向恢复原姿势,反复操练数次。

（18）两脚分开站立,两手正握体操棍两端,屈臂置体操棍于颈后肩上;连续进行向左、向右的体侧运动。

（19）跪立,两手同握体操棍一端,体操棍另一端点地,两臂伸直;用腰部做右绕圈运动,还原后再向左侧做腰绕圈运动。连续操练数次。

（20）右腿在前，左腿在后，脚尖着地站立；两手正握体操棍上举，抬头挺胸；然后身体向左转侧屈至最大限度，还原姿势后重复做数次。左腿在前，右腿在后，脚尖着地站立，以相反的动作向右转侧屈至最大限度，还原姿势后重复做数次。

（21）两脚分开站立，屈臂将体操棍夹住置于颈后，两手托住头后部；同伴站在练习者身后，两手扶住练习者两肘；在同伴的帮助保护下，操练者做直体后倒至仰卧与直体起立动作。注意在动作中收紧腰部，不要塌腰。反复操练数次。

（22）两脚开立，两手正握体操棍，屈臂置体操棍于颈后肩上，同伴站立在操练者身后，两手握住棍的两端；操练者身体向左侧屈体至最大限度，还原后再向右侧屈体。同伴在后肩上适当地增加操练者的阻力。连续操练数次。

（23）两脚开立，两手正握体操棍垂直于体前；然后两臂上举，身体向后充分伸展，同时左手持棍后侧举，右手伸直前平举。两手臂交替进行操练。

（24）直立，两手正握体操棍，臂伸直置棍于体后；然后，屈膝迅速下蹲，提踵将棍夹在大小腿之间，两手臂平举。复位原姿势后连续操练数次。

（25）直立，右手持体操棍一端，两臂在体侧垂直；然后，右手直臂摆动体操棍向左侧旋转，两脚依次跳越过体操棍。连续操练数次。

（26）两腿前后开立，双手正握体操棍两端，两臂伸直置棍于体前；然后，高抬左大腿迈过横棍，再抬右大腿迈过横棍，以此向前行走，连续操练数次。

（27）直立，两手扶住立在体前的体操棍；然后两手移开，随即左腿迅速抬起摆动越过体操棍，两手快速扶体操棍呈原姿势。两腿交替进行，连续操练数次。

（28）直立，一腿向前抬起并屈膝，用手将体操棍放在脚面上，随即伸直腿，设法维持棍的平衡。两腿交替，连续操练数次。

运用棍棒操疗法防治肩周炎时，要循序渐进，逐渐加大运动量，切不可操之过急。在操练过程中，若身体局部出现轻微的酸痛，不要停止锻炼，一般1周后症状即可消失。每天晨练1次，按时锻炼，持之以恒，坚持有规律地生活作息，可收到疗效。

颈椎病患者的保健操

（1）头部左、右、前、后活动

患者取坐位，两腿与肩齐宽，两手放在膝盖上。两目微闭。头向左、向右侧摆动。身体不要跟着动；接着头向前俯、向后仰。动作应缓慢。上述动作各8～10次。

（2）头部环绕运动

患者取坐位，两腿与肩齐宽，两手放在膝盖上。两目微闭。头由正中向左、向后、向右、向前做环绕运动。动作应缓慢；然后作相反方向运动。共做8～10次。

（3）向前弯腰运动

患者取站立位，两腿与肩齐宽。两臂自然下垂，两臂向前朝上举，同时上身向后仰、吸气；然后两臂放下、呼气、弯腰、两手手指触及两足（起初可能手指不能触到两足，通过不断锻炼可以触及）；吸气、直腰；呼气、两臂又自然下垂。重复8～10次。

（4）腰侧弯运动

患者取站立位，两腿与肩同宽，两臂自然下垂。右臂抬起举过头，同时腰向左侧弯，头向左侧倾斜、吸气；然后放下右臂，直腰，头回复到正中位，呼气。接着做相反方向动作。每侧做4～6次。

白领坐的时间较长并且运动少，适当地做一些腰部的保健操，能增强腰部的肌肉，促进血液循环，消除神经粘连和炎症，预防腰椎间盘突出症的发生。

预防腰椎间盘突出症的保健操

（1）体转运动

两脚开立同肩宽，大小臂屈曲于胸前，小臂朝上，肘部下沉，掌心相对。以腰为轴，先向左转体，还原，再向右转体，还原，重复8～12次，第二次可稍用力。

（2）体侧运动

两脚开立同肩宽，右手上举，左手叉腰。以腰为轴，上体左侧屈，然后左手上举，右手叉腰，向右侧屈，每个动作重复8～12次。

（3）腰部绕环

两脚开立同肩宽，两手叉腰，以腰为轴，先向左绕环360°，再向右绕环360°，每个动作重复8～12次。

（4）腰腹运动

两脚开立同肩宽，两臂上举，掌心向前。以腰为轴，先向后仰体，再向前屈体，以手指或手掌尽量触地，每个动作重复8～12次。

（5）抱腿

两脚并立，左腿支撑，高抬右大腿，贴近胸部，两臂经两侧抱膝，左右交替，每个动作重复8～12次。

（6）压腿

① 弓步压腿，两腿前后开立，成弓箭步，两手按压前大腿上，上体下压，左右交替，每个动作重复8～12次。② 侧压腿：左腿屈膝，右腿向侧方伸直，左手按压左膝，右手按压右膝，上体下压，左右交替，每个动作重复8～12次。

（7）下蹲

两脚开立同肩宽，两手按压双膝，先半蹲再起立，每个动作重复8～12次。

（8）膝绕环

两脚开立同肩宽，身体半蹲，两手按推双膝，先向左绕环，然后再向右绕环，重复8～12次。

（9）整理运动

两脚开立，两臂侧平举，掌心向下，同时一腿提膝，然后臂腿同时下垂，然后换腿重复上述动作，每个动作重复8～12次。

在长途旅行中，由于车船的颠簸摇晃以及长时间保持某一种姿势，人们往往感到疲劳和不适，尤其是腰椎间盘突出症患者，常会感到腰腿部不适或腰腿痛症状加重。如能在旅途中做腰部保健操，可消除疲劳和不适，避免腰椎间盘突出症病情复发或加重，从而愉快地到达目的地。

腰椎间盘突出症患者旅途保健操

（1）坐势

① 仰头同时双臂上举。上举时吸气，下落时呼气，重复8～12次。② 上体正直，两肩后耸，同时挺胸

仰头，用力使两侧肩胛骨靠近，重复8~12次。③ 双手叉腰，以腰为轴，向左、右转体，左右交替8~12次。④ 双手扶膝，先伸直右腿，还原，再伸直左腿，还原。左右交替8~12次。

（2）立姿

① 两脚开立，与肩同宽，两臂后伸，双手在体后交叉握住，然后仰头挺胸，同时双手向下压，重复8~12次。② 两脚开立，与肩同宽，双手叉腰，然后向左、向右交替转体，重复8~12次。③ 直立，双手叉腰，然后左、右腿交替上抬，原地踏步8~12次。④ 两脚开立，与肩同宽，扭转上体，带动双臂左右摆动，全身放松。

（3）卧姿

① 仰卧，腿伸直，双手自然置于体侧，屈髋屈膝，同时踝关节极度背伸，然后向斜上方进行蹬踏，并尽量绷紧足弓，左右交替，重复8~12次。② 仰卧，双手自然置于体侧，做直腿抬举动作，左右交替，重复8~12次。③ 俯卧，两腿交替向后做过伸动作，重复8~12次；然后，两腿同时做过伸动作，重复8~12次。④ 俯卧，两腿不动，上身躯体向后做背伸动作，重复8~12次，然后上身躯体与两腿同时做背伸动作，重复8~12次。

腰腿痛患者体操

（1）从基本姿势开始，先同时抱住双膝，直到触及胸部。然后分开两腿，把膝盖往胳肢窝下面送。这样连续练习20次左右，回复到基本姿势并做腹式呼吸。如果不顺利的话，可以借助反作用力或者请人帮忙。通过这种体操练习，背上萎缩的肌肉得以伸张，随之上半身的活动也就变得轻松起来。

（2）保持基本姿势，一边呼气一边慢慢地从1数到5练习起身动作。在起身到肩离床约25厘米的地方停留5秒钟再慢慢地回复原位。然后保持基本姿势，练习腹式呼吸，休息时间为整个练习过程的3倍以上。这种运动能强化腹直肌。初始阶段先做两三次，习惯了之后可增加到5～10次。

（3）从基本姿势开始，伸直左手并往右腿膝部送，慢慢地从1数到5同时起身，当左手摸着膝盖时，在肩离床面25厘米的地方保持此姿势5秒钟，然后从1数到5并同时回复到原来的姿势。一次做完之后，就做腹式呼吸休息一会儿。下一次相反，伸直右手以相同要领起身、复位。这种运动能使腹部的斜向肌肉得到练习。

（4）面朝上躺着，屈腿，两手置于腰部。然后肚皮往回收，用手按着腰贴紧床面，臀部肌肉使劲儿，就像停止小便那样收缩肛门就行了。上半身贴着床面，只突出骨盆部位，并上抬骨盆使肚脐向着下巴。这时，头离开床，做出一种窥视肚脐的样子。

（5）首先面朝上躺着，一边吸气一边抬起左脚；然后一边呼气一边把脚放在右脚的另一侧，接着扭动身体使左腿的膝部触及床面。上半身尽量贴着床面，脸向脚看，这种扭身动作的效果非常好。这套动作须左右交换着进行练习。在椎间盘突出症的最初阶段以及疼痛难以消除时做扭身运动效果较好。

（6）首先轻松地趴着，用膝盖和手掌支撑身体。然后，一边做腹式呼吸，一边像猫打哈欠那样，使脊梁凹陷，头往后仰。接下来按照窥视肚脐运动的要领弓起脊梁，充分运用腹肌使肚子往回收，低头，做出一种窥视肚脐的姿势。

腰腿痛预防体操

（1）下蹲运动

两脚左右分开约30厘米，上身伸直，脚跟着地往下蹲。当不能再往下蹲时停留5秒钟，然后慢慢地站起来。下蹲时，呼气，复位时吸气，与呼吸相配合进行练习。下蹲运动能有效地培养平衡感。例如在电车中做下蹲运动，如果不摇晃的话，可以说你的平衡性非常好。

（2）脚交叉式俯身运动

从直立姿势开始，一只脚往前半步，前面的脚弯曲，后面的脚站直，然后上身向前倾倒，手触摸足尖。这时停留5秒钟，再静静地回复到原来的姿势。前后脚交换做同样的动作。这对于预防因下肢关节肌收缩引起的腰腿痛效果良好。

（3）推墙运动

双脚前后分开，前腿弯曲，两手触及墙壁。这时后腿伸直，脚底板贴紧地面。以这种姿势像做伏卧撑一样，双手推墙。重复5次之后，两脚交换位置做相同的练习。弯曲手腕和前脚能够伸展阿基里斯腱，这种运动能伸展因老化而引起萎缩的腿肚肌肉，使行走变得轻松容易起来。

> 本体操在强化腰背肌的基础上，兼有锻炼腰及下肢功能的作用。

腰腿痛患者床上体操

（1）握拳屈踝屈肘运动

仰卧位，两腿自然伸直，两臂放在身体两侧。① 双手握拳，并屈曲两肘和踝关节。② 恢复预备姿势。重复 12～16 次。

（2）登车运动

预备姿势同（1）。① 左腿屈膝上抬，尽量贴近腹壁。② 恢复预备姿势。左右腿交替进行，如登自行车一样。各重复 6～8 次。

（3）举臂上挺运动

预备姿势同（1）。① 吸气时双臂上举，同时尽量挺腰。② 呼气时恢复预备姿势。重复12～16次。

（4）直抬运动

预备姿势同（1）。① 左腿伸直上抬，尽量抬高。② 恢复预备姿势。左右腿交替进行。各重复6～8次。

（5）转身击拳运动

仰卧位，两手握拳，屈肘。① 下肢伸直不动，上身抬起，同时左转，左拳向右前方击出。② 恢复预备姿势。两手交替进行，右拳向左前方击出。各重复6～8次。

（6）屈腿上挺运动

仰卧位，双膝、双肘屈曲，两手握拳。① 身体上抬，尽量上挺胸腹部。② 恢复预备姿势。重复12～16次。

（7）抱腿运动

预备姿势同（1）。① 吸气时两臂侧平举，呼气时左膝屈曲，抬起上身，双手抱膝。② 恢复预备姿势。两膝交替进行。各重复6～8次。

（8）仰头挺胸运动

仰卧位，两手握拳屈肘放在身体两侧。① 下肢固定不动，头后仰，挺胸。② 恢复预备姿势。重复12～16次。

（9）提髋运动

预备姿势同（1），但两脚上钩。两腿伸直，利用腰肌力量左右交替向上提髋。重复进行 12～16 次。

（10）直腿前屈后伸运动

患者左侧卧位，右手扶床，右腿微抬伸直，左腿在下微屈。① 右直腿前屈，然后用力后伸，挺腰仰头。② 恢复预备姿势。左右交替进行，各6～8次。

（11）直腿后抬运动

患者俯卧位，四肢自然伸直。① 左下肢伸直尽量向后上抬。② 恢复预备姿势。左右交替，各重复6～8次。

（12）俯卧撑运动

俯卧位，两肘屈曲，两手置于胸前按床，两腿自然伸直。① 两肘伸直撑起，同时上体向后抬起，挺胸仰头。② 恢复预备姿势。重复12～16次。

（13）"滑翔"运动

俯卧位，两臂伸直。① 两臂、两下肢伸直并同时用力向后上抬起，抬头挺胸，如同雄鹰在空中滑翔一般。② 恢复预备姿势。重复进行 12～16 次。

（14）伏地挺胸撑起运动

患者臀部后坐，跪撑于床上，两手撑于前方。动作：① 屈双臂，上体尽可能俯卧床面并向前移，然后两臂伸直撑起。② 恢复预备姿势。重复进行 12～16 次。

该体操可在清晨起床时进行，刚刚开始时，可能无法一气做完，可先进行 1/3，1 周后，再逐渐增加。并且各节之间可适当休息。

多数人知道开始体育运动之前应该做准备活动热身，然而却很少有人在性交之前做准备活动。原因是不知道性交之前该做哪类活动。事实上，性交前做准备活动能加速生殖器周围的血液循环，使心脏功能适应。生活中发生过性交时因心脏麻痹而死亡的事情，这是因为当身体需要大量血液时心脏供应不上的缘故。通过控制肛门的括约肌可以解决过早射精的苦恼，因为当快要射精时条件反射般地收缩肛门，会使射精受到抑制，使性交时间得以延长。此外，能使腰部的运动能够变得更轻巧灵便。如果性交时过于注意自己的动作会使效果降低，达不到和谐状态。而最理想的状态则是在无意识之中根据对方情形运动自己的腰。因此，做这套体操能够使女方得到更大的满足，同时自己也能因此而获得更多的快乐。

性功能障碍者的
保健操

性交前的保健操

（1）双腿并拢站好。

（2）一边往外吐气，一边收腹。然后保持10秒钟。

（3）肛门也随之收缩10秒钟，然后放松。

（4）腰部左右扭动10次。

防早泄保健操

　　此操简便易行，随时随地可以进行。一般需要连做10次，能够强化大腿肌肉，增强持续力，防止早泄。

　　（1）坐在椅位上，一条腿搭在另一条腿上。

　　（2）搭在上面的腿往下使劲，下面的那条腿往上方用力。

　　（3）持续6秒钟后，放松。

　　交换双腿的上下位置，再重复做10次。注意做这个动作时，肛门也要随之收缩，要使自己感到性器官的肌肉也随之收缩。

　　此操能够增强性欲耐力，增强性交敏感度。注意扭动腰时，膝盖不要动；要有意识地使性器官的肌肉也得到活动。

对于勃起功能障碍、早泄、遗精等男性性功能障碍患者来说，加强运动，调节大脑皮质兴奋与抑制的转换过程，振奋精神，愉悦情趣，增强体质，固肾强精，是治疗过程中至关重要的一环。本保健操有助于改善男子勃起功能障碍、早泄、遗精等症状。

男性性保健操

（1）面南而立，两足平行与肩同宽，目视前方，全身放松，两臂自然下垂。然后调整放慢呼吸频率，做深而慢的腹式呼吸，即吸气时腹部自然隆起，呼气时腹部自然内收，要求呼吸时舌抵上腭。呼吸调顺之后，可双目微闭，排除杂念，做到全身心的放松，此练习也可坐在椅子上进行。要求臀部靠前，空出阴部，足、膝、臀三个部位均成直角，双足与肩同宽，双手自然置于膝上。

（2）分腿直立，双脚与肩同宽，将双手置于腰骶部，沿脊柱两侧上下方向按摩10～20次。然后沿左右方向按摩10～20次，使局部发热。随之上体前倾，用双手掌根或大鱼际处，轻轻叩击按摩部位20～40次。

（3）并足仰卧，双手十指交叉，两臂翻掌后伸，使身体同时向头顶及足部两个方向抻拉。然后上体坐起向前俯身，可轻轻振动，使额头尽量触腿，力争做到双手抱足，以抻拉督脉和膀胱经。

（4）取仰卧位，身体向左拧转，左腿略屈，右腿屈膝超越左腿，以膝触及床面。左手压住右膝，右臂右伸，两肩贴床，向右转颈至最大限度。尽力阻抗腰椎，抻拉命门、肾俞等穴，然后右侧卧位交替进行。完成8～10次。

（5）仰卧，双腿高举至头上方，然后手足左右侧分，两手向下压足压腿，尽可能使足尖触及床面，牵拉髋部，腰骶的肾俞穴、命门穴、八髎穴及会阴穴。此动作因人而异，可维持数秒钟至几十秒钟，然后放松，可重复4～6次，要求此过程收臀提肛。

（6）先跪撑侧平举，然后双手十指交叉置脑后抱头，躯干左右侧弯6～8次。双手放开再经体侧于体后伸直交叉，上体前屈，双臂随之向后上方抬，重复6～8次，使督脉和足太阳膀胱经得到充分牵拉。

（7）仰卧，双手托于腰部，尽力挺髋挺腹，同时收臀提肛，此动作维持30秒钟左右，然后放松，可重复4～6次。

（8）身体直立，双手叉腰，也可手扶墙壁。以左腿支撑站立，以右脚跟部击打左足跟内踝下方20～40

次，然后左右交替。此处为前列腺及阴茎、尿道等器官在足部的反射区。可稍事休息，仍以左腿支撑站立，以右脚大趾经左腿后侧绕抵左脚外踝下，由上至下，进行点按，完成20～40次。然后左右交替进行。此处为睾丸、附睾丸等器官在足部的反射区。

（9）仰卧，手托腰部向上举腿，形成肩肘倒立，也可在他人帮助下完成，维持30秒钟，放松还原，重复2～4次。倒立可激发性腺功能，有助于疾病的恢复。倒立时收腹提肛。老人及高血压者可略去不做。